ことのは文庫

わが家は幽世の貸本屋さん

—胡蝶の夢—

忍丸

MICRO MAGAZINE

Contents

▽

わが家は幽世の貸本屋さん

―胡蝶の夢―

第一話　春暁

ごくごくありふれた日常の中で、〝変化〟の兆しを見つけると嬉しくなる。

たとえば春。

硬く締まった木の芽がほころんでいるのを見た時。

雪の合間から、ひょっこり顔を出したふきのとうと目が合った瞬間……。

ふとした発見が心を弾ませる。冬の間に縮こまった体を伸ばせと言われているよう。自然と背筋が伸びる感覚。春が来ると何度かそんな気持ちにさせられる。

もちろん、嬉しいばかりが〝変化〟ではない。

さまざまな感情が付きまとうのが〝変化〟だ。人はあらゆる感情を揺さぶられ、変わりゆく世界に翻弄されながら、それでも日々を懸命に生きている。

忘れちゃいけない。人間は〝変化〟に慣れる生き物だ。発見も、驚きや嬉しさ、憂いや悲しみなんかのみずみずしい感情だって、時が経つと日常の中に溶け込んでいく。

それは生きている者の定めだ。なにせ、刻一刻と新しい〝変化〟があらわれて、ひとつの兆しに囚われ続けているわけにはいかない。

そう。たとえ、どんなに辛く悲しい出来事だって――。
ありふれた景色の中に馴染んでしまった〝変化〟は、やがて思い出となる。
なにかに気づき、心を揺さぶられ、慣れてしまう。その積み重ね。
たぶんそれが人生。
私たちは、日常と化したあらゆるものを踏みしめながら生きている。
人は〝変化〟を成長や経験と呼ぶ。もちろん、私だって例外ではない。
誰よりも大切に思っていた養父が亡くなって、しばらく経った。
大好きだった。東雲《しののめ》さんがいない日々なんて想像もできないくらいに。
だのに、当たり前のように朝が来て、夜が来た。
いくつかの季節が過ぎ去り、川の流れのように時はとどまることを知らない。
養父を見送った日から三年。
あの時感じた悲しみを、胸の痛みを、苦しさを絶対に忘れはしない。
だけど――。
目の前には今日も新しい〝変化〟が姿を現す。過去を振り返る余裕はない。

＊　＊　＊

暦の上ではずいぶん前から春なのに、早朝の空気はいまだ冬の余韻を残している。

夢の世界から舞い戻った私は、長く息を吐いた。鼻先が冷たい。ずいぶんと冷えているようだ。対照的に、布団の中は残酷なまでに暖かかった。適温に保たれた布団が、容赦なく私の理性を責め立ててくる。

……うう。まだ眠っていたい……。

最近の冷え込みのせいもあるのだろうが、どうもここのところ眠くて仕方がない。

正直、今にも瞼が白旗をあげそうだ。

――このまま二度寝したら、どんなに幸せだろう……。

堕落への入り口が開く音がする。だけど、後悔するのは私だ。

なにせ、今日は貸本屋の隣に薬屋が開店する日。

寝坊なんて絶対に許されないのだから。

――好きな人《すいめい》と結婚してから三年経った。

水明《すいめい》は貸本屋から薬屋へ通いで仕事していた。別にそう遠くはない。徒歩で行ける距離なのだが、隣家の引っ越しをきっかけに、薬屋の二号店をオープンすることになった。水明の薬目当ての客が増えすぎて、一店舗ではまかないきれなくなった……らしい。元祓い屋の彼の作る薬はよく効くと評判だ。

つまり。つまりだ！　水明は、弱冠二十一歳にして独立を許されたわけである。

喜ばしいニュースだ。まるで自分のことのように誇らしい。

この三年、いろいろあった。ひとりで貸本屋を切り盛りしなくてはいけなくなった私は、あまり心の余裕がなかったと思う。そんな私を支えてくれたのが水明だ。時には貸本屋業の手伝いもしてくれたりした。水明には感謝している。おかげで、最近は仕事が順調に回るようになった。

だからこそ、彼の仕事が認められた事実がなによりも嬉しい。

当たり前だが、新店舗を開店するまでには多大な労力を要する。改装の手配、調合用の道具や薬の材料の調達、仕事に必要な細々としたものの仕入れ、お得意様への挨拶。おかげで、ここ数ヶ月まともに水明と会えていない。

仕方がないと理解していたが、寂しさを感じていた事実は否めない。だけど、今日を境に水明と毎日顔を合わせられるようになる。それだけで心が浮き立った。

夕方には、オープンセレモニーが行われる予定だ。大勢を招いて食事会も開くらしい。今日はのんびりしている余裕はない。寝坊なんてもってのほかなのだけど――。

「……ふあ」

大きくあくびをして目をこする。

早めに寝たつもりだった。なのにこの眠気は一体なんだろう……。

――眠りが浅かったのかなあ。まいっちゃうな。

春眠暁を覚えずと言うけれど、さすがにこれはひどすぎる。気を抜くとすぐに眠ってしまいそう。だけどぼんやりしている場合じゃない。

まずは朝食。適当に軽く済ませて……いや、小腹が空いた時のために、おにぎりでも握った方がいいかもしれない。それからそれから——ああ、やるべきことが山積みだ！

意をけっして布団から抜け出せば、さっきまで私がいた場所に素早くなにかがすべりこんだ。ギョッとして振り向けば、

「なあん」

黒い毛玉が甘えた声を出す。にゃあさんだ。

火車《かしゃ》のあやかしで、小さな頃からずっとそばにいてくれた親友。

私を捕まえ損ねた布団は、無事にわが友の捕獲に成功したらしい……。

「ちょっと。にゃあさん」

このままじゃ布団がしまえない。抗議の声をあげれば、片目を開けたにゃあさんはピクピクと耳を動かした。

「なによ。片付けるつもり？　こんないい具合に温まってるのに正気の沙汰じゃないわ」

ごろんとお腹を見せて横たわる。あらわになったのは、もっふりムチムチボディ。

「……ねえ、一緒に寝ましょうよ。二度寝したって構いやしないわよ。なんならアタシを抱き枕にしてもいいわ。安眠できるわよ！」

まるで悪魔の誘惑である。

黒猫である事実と相まって、非常に〝らしい〟。

——ウッ！

心の中で呻いて、じとりとにゃあさんを睨みつける。

「そうはいかないよ。今日がどういう日か、にゃあさんだって知ってるでしょ！」

「…………。まあ、そうだけど」

「だったら……」

「仕方ないじゃない。寝た方がいいと思ったんだもの」

色違いの瞳が、私をじっと見つめている。

「本当に寝なくていいのね？」

「だから寝ないってば！」

よくわからない念押しに思わず声を荒らげれば、にゃあさんはぷいとそっぽを向いてしまった。どれだけ私と寝たかったのだろう。彼女の自由奔放さは今も昔も変わらない。

「まったくもう！」

これ以上、にゃあさんの相手をしていても仕方がない。布団は後回しだ。毛糸のカーディガンを羽織り、寝室を抜け出す。

「んっ……」

寝室を出た途端、床板の冷たさに肌が粟立《あわだ》った。ぴょん、と悲鳴がわりに軽く飛び上がって、「寒い、寒い！」と慌てて舞い戻る。もうそろそろお役ごめんだろうと思っていた防寒グッズを身につけ、ようやく一息ついた。

――めっきり寒さに弱くなってしまった。昔は、これくらいへっちゃらだったのになあ。家の中なのに、もこもこ着ぶくれしている自分にため息をこぼす。

十代は無敵だった。どんなに寒かろうが暑かろうが、気合いで乗り切ったものだ。

……だのに、ごらんの有様である。

かつて私がピチピチの学生だった頃、ナナシが「女の子は体を冷やしちゃ駄目よ！」としきりに口にしていたのを覚えている。反抗期だったのだろう。口やかましいナナシをうざったく思っていた時期があった。でも、今ならわかる。ナナシはなにも間違っていなかった。冷えは女の敵。全身全霊を以て跳ね退けるべき仇敵だ。

——二十代なかばでこれだもんね。三十代になったらどうなるんだろう……。

それどころじゃない。四十代、はたまたその先になったら？

「うう」

あまりの恐ろしさに小さく震えた。

——って、のんびりしてる場合じゃないや。

正気に戻って急ぎ足で階下へ向かう。

とん、とん、とた、とん。

階段が奏でる歌声に耳を傾けながら階下へ下りると、居間の様子が目に入った。

無人の室内は時が止まったかのように静寂に包まれている。居間の隣にある部屋へ目を遣った。今はもう誰も使っていない、冷え切った寒々しい空間。

「…………」

小さく息を漏らし、締め切った雨戸へ近づく。

立て付けが悪い雨戸を開ければ、朝の空気が室内に流れ込んできた。

息が白く烟《けぶ》る。肺に清浄な空気が満ちていく感覚。大きく伸びをして眠気を覚ます。

今日も綺麗な晴れ間が広がっている。とはいえ、幽世《かくりよ》は常夜の世界。太陽が昇らない空は朝から星で彩られていた。

瞬間、鼻先を光るなにかが通り過ぎていった。

燐光をこぼし、ふわふわ舞い飛んでいるのは幻光蝶《げんこうちょう》だ。人間をなにより好む彼らは、私の気配を敏感に察知したらしい。周囲をクルクル飛んでいたかと思うと指先に止まった。

「おはよ。今日も寒いねえ」

気まぐれに声をかけてみる。

ゆっくり羽を開閉していた蝶は、ふいに指先から飛び立った。

「……あ」

燐光の軌跡を目で追って、小さく声を上げる。

幽世の空を鳥たちが渡っていた。長い首を優雅に伸ばし、大きな羽を広げ、群れで飛んでいるのは陰摩羅鬼《おんもらき》だ。死体から発生した気が変じたと謂《い》われているあやかしで、『清尊録《せいそんろく》』という中国の古書に記述がある。黒い鶴のような姿をしていて、なにより特徴的なのは瞳だ。青白い炎を宿していて、流れ星のように尾を引きながら飛び去っていく。

「わあ……」

顔をほころばせた。なにせ、陰摩羅鬼は幽世の住民にとって嬉しい兆しだ。

彼らは春告げ鳥。現《うつ》し世《よ》ではウグイスをそう呼ぶが、幽世では陰摩羅鬼を指す。耳をすませば、町の喧騒がここまで聞こえてくるようだ。春は、冬の間静まり返っていた幽世の町が賑わいを取り戻す季節でもあった。長い冬眠を終えたあやかしたちが、町へ戻ってくるからだ。冬を耐え忍んだ彼らの財布の紐はゆるゆるだ。みんなおおいに食べ、おおいに買い物をする。つまり、わが家——貸本屋にとってもかき入れ時だった。

「ウフッフ。どっさり新刊仕入れちゃおうかな……」

上機嫌で呟けば、水明の最高に渋い顔が思い浮かんだ。

『無計画に本を買うんじゃない。馬鹿』

なんとなく言われそうな台詞が自動再生されて、浮かれた気分がしぼんでいく。本のこととなると見境がなくなる私を止めてくれるのは、いつだって彼だ。

——まあいいや。今日はそんな場合じゃないし！

ぱちんと頬を軽く叩く。

「ようし。頑張るぞ」

気合いを入れて室内に戻ろうとすれば、

——どさ。どさささささっ!!

突然、背後でただごとではない音がした。

「な、なに……!?」

慌てて振り返ると、目の前に広がった光景に呆然と立ち尽くした。

中庭の一角に大量の山菜が積み上がっている。太くて立派なタケノコ、朝露に濡れたセリに、若葉がまぶしい三つ葉。ワラビやタラの芽、コゴミなんかもある。

春ならではのごちそうだ！いまや、わが家の庭は青々とした春の匂いで包まれている。

「え……!?　えっ、えっ……!?」

——すっごい量……！　食べきれるかなあ……ってそうじゃない!!

理解の範疇を超えた出来事に、ひとりアワアワしていれば、

「あっ！　夏織《かおり》、おはよ～！　いい天気でよかったね」

のんびりした声が降ってきた。

顔を上げれば、隣家の屋根に誰かの姿がある。男性だ。すらっとした体格、薄手のニットにスラックス。先が尖った革靴は、確かイタリア製だったはずだ。背には大きな黒い翼——。ふわりと地上に舞い降りると、彼は爽やかな笑みを浮かべた。細身の眼鏡がとても似合っている。少し長めの濡れ羽色の髪がさらさらと風に揺れていた。

「金目《きんめ》、おはよう」

声をかければ、烏天狗《からすてんぐ》の金目が薄い色の瞳を細めた。

私が貸本屋を継いでから三年。あやかしである金目の見た目は劇的に変化していないが、まとう雰囲気や身につけるようになった品々はどこか大人びたように感じる。

「とうとうオープンの日が来たね。おめでとう、夏織」

「ありがとう！　お祝いは水明に言ってあげてね。それと、この山菜って……」

「うん。ご祝儀がわり。ちょっと乱暴になっちゃった。ごめんね」

「びっくりしたよ！　空から降ってくるんだもの。それにしてもたくさんあるねえ」

「半分は僕から。残り半分は――夜万加加智《ヤマカカチ》からだよ。水明が店を開くって言ったら、あの人張り切っちゃってね〜。持っていけってうるさくて」

「そ……そうなんだ」

　夜万加加智とは、三重県にある御斎峠《おとぎとうげ》に棲んでいる山の神だ。蟒蛇《ウワバミ》の化身で、神でありながら本やファッションを楽しむ変わり者。貸本屋の上客であり、顔のいい男の子にめっぽう弱い。中でも水明がお気に入りなのだが、女嫌いで怖い一面も持っている。一度、彼女に殺されそうになった私は、苦手意識を持っているのだが……。

「あの人に、とっても良くしてもらってるんだね？」

　ちょっぴり複雑に思いながら訊ねれば、金目はこともなげに頷いた。

「うん。山岳で暮らすあやかしのもとを訪ねるのに、夜万加加智の協力が欠かせないからね。彼女の伝手でいろんな神様を紹介してもらってるんだ。眷属のあやかしたちや、その地方独特のあやかしへのアプローチに打ってつけでさ。……あ、今のうちに渡しておくね」

　金目は手に持っていた鞄を開いた。取り出したのは分厚い封筒だ。

「幽世《かくりよ》拾遺《しゅうい》集《しゅう》の原稿。まだ半分だけど」

「ありがとう！　さすが金目。優良進行だねえ。締め切り破りが得意な、どこかの誰《しののめ》かさんとは違って！」

クスクス笑えば、金目は照れ臭そうにはにかんでいる。

「これくらいはね。だけど、東雲に比べるとまだまだだよ。僕自身の知識が足りなすぎて、より深い部分へ踏み込めていない」

「頑張っていると思うけど？」

「いやいや。原稿を一枚完成させるごとに、東雲のすごさと己の未熟さを思い知らされるよ。もっと精進しないとね〜」

穏やかな口調ながら、なんとも厳しい発言に目を瞬く。

金目は薄く笑うと、どこか遠くを見て言った。

「わからないことも多いし、失敗もあるけど——知識が増えると嬉しいし、楽しいよ」

金色の瞳が柔らかく滲んだ。しみじみ噛みしめるように言葉を続ける。

「外の世界を知るのって……すごくいいね」

昔の彼からすれば絶対にあり得ない言葉。同時に今の彼らしい言葉に胸が熱くなる。

「君に本作りを任せて本当によかった」

——金目も成長しているのだ。

東雲さんと玉樹《たまき》さんが二巻まで作り上げた『幽世拾遺集』——。養父が転生し、再び幽世に戻ってくるまで刊行を続けると決めたものの、誰が執筆するかは悩みどころだった。なにせ私には文才がないし、東雲さんのように各地のあやかしたちの話を蒐集《しゅうしゅう》するためのノウハウもない。そこで白羽の矢が立ったのが金目だ。

推薦してくれたのはナナシ。金目は他人を冷静に観察できるし、表向きはコミュニケーション能力に長《た》けているから……というのが理由だ。はじめは執筆に取りかかるのを渋っていた金目だったが、やがて心を決めたようで、今では日本中を飛び回ってさまざまなあやかしの話を蒐集している。

かつての金目の世界は、自分の中で完結していた。銀目《ぎんめ》さえいればいいと口走ってすらいたのに――いまや、彼の世界は日を追うごとにどんどん広がっている。当時の私には、想像もできなかっただろう。

――ほんと、大人になったなあ……。

弟分の〝変化〟を、しみじみ感慨深く思う。あやかしは老いがなかなか見かけに現れない。だけど、彼の成長ぶりは手に取るようにわかる。

「大事な原稿、預かるね。残りも楽しみに待ってる」

しっかと両手で原稿を抱きしめる。

私の言葉に、金目は「任せてよ」とはにかんだ。

「あ、そうだ。もうそろそろ――」

ふいに金目が空を見上げた。釣られて私も顔を上げれば――。

「ヒッ!?」

「よお！　夏織ーっ!!」

どおん、と誰かが上空から落ちてきた。

悲鳴をもらした私に、その人はニッと白い歯を見せて笑う。

「待たせたな！　俺が来てやったぞ！」

元気いっぱいにピースサインをして見せたのは、金目の双子の弟、銀目だ。

伸ばし放題の髪はボサボサ、体中に傷をこしらえていて、日に焼けた顔の中で歯だけが浮き上がって見える。あちこち破れたままの黒衣に、動物の毛皮をまとう姿は野生児そのものだ。背には槍。肩には縄で括られた巨大な猪を背負っている。

「土産持って来たぞ！　肉食おうぜ、肉！」

三百キロはあるだろう猪を片手で軽々持ち上げた銀目は、無邪気に笑った。

「お、お土産って。これ一頭まるごと……!?」

──うわあ、山菜だけでも大変なのに。食べきれない予感がひしひしする。

内心で冷や汗をかく。冷凍庫にはあまり余裕がなかったはずだ。

もしかして、おすそわけ祭りを開催しないといけないパターンでは……!?

ひとり戦々恐々としていれば、金目が呆れた声を出した。

「こら、銀目。さすがに大きすぎない……？　こんなの持ってこられても迷惑だよ」

「ええ……？　そうかな？　でも、でっかいのっていいと思うんだよな！　大は小を兼ねるって言うしなー！　それに、そこの山菜を持って来たのは金目だろ？　量が多いのはお互い様じゃねえかよ！」

「そうだけど……痛たたっ！　叩くなってば。手加減してよ、まったくもう！」

「ワハハハ！　悪い悪い……」

双子はいつもの調子でやり合っている。

思い返せば、ふたり揃っているのを見るのは久しぶりだ。

数年前までは、双子はいつでも一緒だった。まさに鏡映しのようだった金目銀目は、今では別々の道を歩み始めている。

執筆活動に力を入れはじめ、じょじょに修行から離れつつある金目と違い、銀目は一人前の天狗を目指して更なる努力を重ねていた。日本各地にいる天狗のもとを巡り、道場破りのまねごとさえしているという。よく言えば天真爛漫、悪く言えば無鉄砲な性格をしている銀目は、大物のあやかしたちに可愛がられ、着々と実力を伸ばしているそうだ。

『俺は誰もが畏れるような大天狗になってやるぜ！』

最近の銀目は、そう豪語してはばからない。経験が彼に自信をもたらしているのだ。実力が伸びるにつれ、やることがおおごとになってきている気がするけど……。

「は、ははは……。はあ」

あまりにも立派すぎる猪に、ため息をこぼして苦く笑った。

それはさておき、雛の頃から知っている相手の成長は喜ばしい。

――すっごくいい〝変化〟だなあ……。

「銀目、お土産ありがとうね。運ぶの手伝ってくれない？　お肉屋さんにお願いしよう」

「お？　ここで解体しねえのかよ？　ナナシに頼めば無駄な金かからないだろ。前は井戸端でやってたじゃねえか。道具もあるし……なんなら俺が捌《さば》こうか？」

「そうなんだけど」

ポリポリと頬を指でかく。

「最近、血の臭いがちょっと苦手になってきて。胸がムカムカするんだよねえ。血の臭いってなかなか取れないじゃない？　だから……」

「ふうん？　そうなのか」

「それは僕も初耳だ」

私の言葉に、金目銀目は顔を見合わせている。

「歳なのかなあ。前は平気だったことが無理になってきてね」

しゅん、と肩を落とす。年齢を重ねればできることが増えると思っていたのに、なんだか意外だった。近ごろじゃ魚を捌くのすら躊躇してしまう。価値観が否応なしに変わっていく感覚はもどかしい。できれば、もっと前向きな〝変化〟がよかったなあ……。

ひとりしんみりしていれば、金目銀目はなんだか物言いたげな顔をしている。

「あら！　みんなずいぶん早いじゃない！」

居間から声がした。振り返れば、そこに華やかな人を見つけて頬が緩む。

「おはよ。ナナシ」

「おはよう！　夏織、それと金目銀目も」

さらりと前髪をかき上げたナナシは、茶目っけたっぷりに片目を瞑った。

ここ数年で雰囲気が変わったのはなにも双子だけではない。ナナシもだ。

一番変化したのは髪型とファッションだ。腰まであった緑髪をばっさり切ってしまい、化粧は控えめ。前までは女性ものを好んで身につけていたが、最近は男性用のアオザイを愛用していた。かつては美女と見まごうほどだったが、今は東洋風の美青年といった感じ。

彼がファッションの方向性を変えたのは、東雲さんがいなくなってすぐだった。

本人いわく――父親と母親を兼任しなくちゃいけないから。

ナナシらしいというかなんというか……。

そんなに気負わなくてもいいのにと思う。だけど、母でありたいと努力してきたナナシからすると、妥協できないようだ。「東雲のぶんまでアタシに頼るのよ！」と、以前にも増して大張り切りだ。

成人していて結婚までした身としては、ちょっぴり複雑だ。嬉しいような、もう少し見守っていてほしいような……。短髪のナナシは、それはそれで見応えがあるからいいんだけどね。薬屋の客……特に女性陣から大変好評らしい。確かに、マフィア映画に出てくる謎めいた雰囲気を持った青年ぽくて、別の意味で色気たっぷりだ。

「あらら。なに？　その山菜の山と猪。とんでもない量……。ちょっとアンタたち。確かに今日はおめでたい日だけど、さすがに張り切りすぎじゃない？」

庭の一角を占めている品々を見た途端、ナナシは呆れ声を出した。

「いやだってよ……。夏織や水明にとって特別な日だと思ったらなあ」

「うんうん。夏織は僕たちの幼馴染みだし、水明は友だちだしね！」

ニコニコしている双子に、ナナシは小さく肩をすくめた。

「アンタたち……。仕方ないわねえ。さっさと下拵えするわよ。ふたりとも手伝ってちょうだい。やだやだ、今日は忙しくなるわ～」

コキコキと首を鳴らしたナナシは、文句を言いながらもどこか楽しげだ。

「あ、じゃあ私も手伝うよ。朝ごはん簡単に済ませてくるから――」

「駄目」

「へっ？」

申し出をナナシにばっさりと切られ、たまらず変な声が出てしまった。金目銀目も、不思議そうに顔を見合わせている。

「なんで？　それくらい私も――」

「駄目よ」

「ナ、ナナシ……？」

ナナシはツカツカと私に近寄ると、なんだか複雑そうに手を伸ばしてきた。

「黙って。少しだけ動かないでいてくれる？」

細くしなやかだが、男性らしい節ばった手が頬を撫でた。冷たい手だ。首筋に触れられると、あまりの温度差に思わず身をすくめる。

「…………」

ナナシは脈を測っている。わずかに瞼を伏せ、なにごとか考え込んでいる。

最後に私の額に触れたナナシは、小さく息を漏らした。

「ナ、ナナシ……？」

様子がおかしい。たまらず不安な声を上げれば、ナナシが変なことを言い出した。

「最近……そうね、数ヶ月以内に見慣れないあやかしが訪ねてきたりしなかった？」

「う、ううん。特には。それがどうしたの……？」

あやかし絡みでトラブルでもあったのだろうか。

幽世には血の気が多い連中が山ほどいる。獣に近い知性しか持たず、欲望の赴くまま暴力をふるう輩だって少なくないのだ。ここ最近は、あやかし同士の抗争の噂も聞かないし安心していたのだが、またなにかあったのかもしれない。

ドキドキしながら返答を待っていれば、ナナシがクスリと笑った。

「なんでもないわ。誰も来ていないならそれでいい。でも——そうね、見慣れないあやかしが来たらアタシに教えてくれる？　把握しておきたいのよ」

「……？　うん、わかった」

こくりと頷けば、ナナシはいつもどおりの笑みを浮かべた。気を取り直すように、私の頭をくしゃりと撫でる。

「それはそれとして！　あんな馬鹿みたいな量の山菜と猪、どっちにしろアンタの手にはあまるわよ。アタシたちに任せておいて、店の方を手伝ってくれないかしら」

「お店って……」

「もちろん。水明、水明のお店」

「えっ！　水明、もう戻ってきているの!?」

今日の昼頃帰ってくると聞いていたのに！　予定が早まったのだろうか。

ぱあっと顔を輝かせれば、ナナシが頷いた。

「今朝早くね。あっちこっち行って薬の材料を仕入れてきたみたいだから、ぐったりしてたわよ。こっちに顔を見せる気力も体力もないって感じだった」

悪戯っぽく瞳を煌めかせたナナシは、私の耳もとに顔を寄せて囁いた。

「朝食、持っていってあげたらどうかしら。きっと喜ぶわ」

「……！　う、うん！」

ああ、久しぶりに水明に会える……！

ワクワクしてきて、先ほどまで感じていた不安なんて吹っ飛んでしまった。

「じゃあ、ごはんの支度してくるね……！」

居間に駆け込み、エプロンに手をかける。時間がかからなくて美味しいメニューはなんだろう。朝にぴったりで、水明が喜びそうなごはん……。

ドキドキしながら居間から続く台所に立つ。

「ねえねえ、ナナシ〜！　今のどういうこと!?」

「意味深じゃねえか！　面白い話でもあんのか？　喧嘩なら交ぜてくれよ！」

ふと、双子のはしゃいだ声がしたので振り返れば、金目銀目にまとわりつかれたナナシが、どこか達観した様子で笑っているのが見えた。

「馬鹿ね。喧嘩なんて無粋な話なはずがないでしょ。すぐにわかるわよ。……ああ、本当にこれから忙しくなりそうだわ」

＊　＊　＊

お椀から白い湯気が立ち上っている。

今日の朝ごはんは、塩むすびにだし巻き玉子。青ネギとしらすがたっぷり入っている。後は青菜の漬物と焼きめざし。わかめたっぷりのお味噌汁――気合いを入れたわりに、ごくごく普通のごはんになってしまった。

――もうちょっと手間をかけた方がよかったかなあ。でもでも、今日は新店舗のお披露目会でごちそうを食べるんだし。ちょうどいいよね？

やや苦しく思いながらも自分を納得させて、料理をお盆に載せて家を出た。隣家の勝手口に回る。正面玄関は、開店前というのもあってまだ封鎖されていたからだ。

「お邪魔しま～す……」

そろそろと古びた戸を開けた。キィと蝶番《ちょうつがい》が錆びた音を立てる。

途端、雑多な臭いが鼻をついた。苦いような甘いような、それでいて酸っぱいような……。薬草たちが醸す独特な臭い。濃厚な木の匂いもする。削ったばかりの木材の香りだ。

勝手口周辺は荷物で満載だった。山積みの木箱のせいで、奥の様子がよくわからない。朝食をこぼさないように苦心しながら足を進めれば、じょじょに店内が見えてきた。

「……わあ！　こういう風になったんだ」

思わず足を止めて歓声をあげる。改装中の様子は知っていたが、完成した内装を見るのは実は今日が初めてだ。

ガラス張りの天井から星明かりがこぼれている。

一階から二階まで吹き抜けになっていて、壁一面に薬棚が設えられていた。枡形の引き出しがずらりと並ぶ光景は圧巻だ。瓶入りの薬の材料や、乾燥中とおぼしき薬草たちを、吊り下げ照明に入れられた蝶の明かりが浮かび上がらせている。中華風で華やかなナナシの店とは対照的に、木の色合いを活かした造り。水明らしい質実剛健さがあらわれていた。

注文に応じて調剤するだけではなくて、作り置きの薬も販売する予定らしく、一階の一角は商品棚が占めている。いまだ準備中なのだろう。大きなテーブルの上には、梱包前の薬剤が山積みになっていた。

「あ……いた」

目的の人を見つけて笑顔になる。そろそろと近づいて、空いている場所にお盆を置く。

水明はテーブルに突っ伏して眠っていた。着替えていないのか、白いワイシャツは皺だらけ、適当にまくった袖は薄汚れている。サスペンダー付きのパンツは埃っぽく、革靴も艶がなくなってしまっていた。水明の疲労度がうかがえる。

「んん……」

彼が小さな声をもらすと、さらりと初雪のように白い髪がこぼれる。長いまつげが震えていた。なにか夢を見ているのかもしれない。

――すごい隈。寝るのも惜しんで仕事してたんだねえ……。

そっと手を伸ばして、顔にかかった髪を避けてやる。

「誰だ」

途端、手首を強く握られた。鋭い視線を向けられ、ドキリと心臓が跳ねる。

……が、相手が私だとわかると警戒を解いたようだ。薄茶色の瞳に蜂蜜のような甘さが滲み、少し困ったような顔になる。

「俺、寝落ちしてたのか。悪い、夏織が起きる頃に家に帰ろうと思ってたんだが」

「おはよう。店に寄らないでまっすぐ帰ってくればよかったのに」

「お前たちを起こしたら悪いと思って……」

「気を遣ってくれたんだ？　別に遠慮しなくてもいいんじゃない？　家族なんだし」

「お前はいいかもしれないが、黒猫が文句を言うだろう？」

「あー……。それは確かに」

私の親友は、安眠妨害に対しては非常に厳しい。

クスクス笑っていれば、おもむろに水明が体を起こした。

「んん……」

大きく伸びをする。その姿に軽く心臓が跳ねた。

水明と初めて会ったのは、彼が十七歳の時だ。ふたつ年下で、身長だって私よりも低かった。無愛想で生意気で……繊細で薄い体は、まだまだ少年期の雰囲気を残したままだったと記憶している。

しかし、今の水明はどうだろう。知らぬ間に私の身長を追い越して、体つきも変化している。広い肩幅。筋張った腕。銀目ほど筋肉質ではないが、男性らしい力強さを感じる。だのに、長く伸ばした襟足が首筋にこぼれている様は非常に色っぽい。

――どっちかというと、儚げな王子様風だったのに。すごい方向に進化してくれちゃってまあ……。

きっと、今の水明が現し世の町中を歩けば注目の的だろう。

なんだか複雑だ。けど、一度でいいから連れ回してみたい。別になにをするわけじゃないけど！　熱視線を浴びる水明を見て楽しみたい欲求はあった。

――うん。いつかやってみよう……。

「コラ」

「ぐむっ!?」

ぼんやり物思いにふけっていれば、水明が私の頬をつねった。

「また変なこと考えていただろう」

「ウッ! どうしてそれを」

「お前の考えなんてお見通しなんだからな」

じとりと睨みつけられ、ごまかし笑いを浮かべる。

「またまたぁ。さすがに今の妄想までは……わ、わかってないよね!? 正直、バレたらす

っっっごい気まずいんだけど!?」

「お、おま、一体なにを考えていたんだ。なにを!」

水明はドン引きだ。根掘り葉掘り聞かれそうな気配を察知して愛想笑いを浮かべる。

「べ、別に変なことは考えてないってば。あ、朝ごはん食べない? 用意してきたんだ」

「……まったく調子のいい奴」

「それは昔からでしょ?」

「確かにそうだが」

「おっ! 結婚して三年ともなると理解度が違うねえ」

「そりゃあな……」

見つめ合って、どちらからともなく笑みをこぼす。

水明がテーブルの上を片付け始めたので、空いている場所に食事を並べていく。

「ねえ、クロはどうしたの?」

「アイツなら二階で寝てる」

「これだけ騒がしくしてても起きないって逆にすごいね……」

「クロはこんなもんだろう。今も昔も」

「だね」

並んで座って、同時に手を合わせた。

「「いただきます」」

味噌汁に口をつけた水明は、ホッとしたように表情を和らげた。

「……美味《うま》いな」

「久しぶりに一緒に食べるのに、なんだか地味なごはんになっちゃったね」

さすがに普段通り過ぎたよねと謝れば、水明はふるふるとかぶりを振った。

「構わない。いつもどおりの飯が一番ホッとするし」

じっと私を見つめる。

「夏織の飯はなにを食っても美味い」

「…………。そ、そう……」

頰が熱くなって、そろそろと視線を逸らす。初対面の時は、上等な米で炊いた粥しか食わないとお椀を突き返してきた癖に。えらい変わりようである。

――無意識にちょいちょい恥ずかしい台詞挟むから、ほんと水明って怖い。

この調子で他人を口説いたりしてないでしょうね……？

おそるおそる視線を遣れば、水明は黙々と食事に箸をつけていた。はっきりと表情に出ないが、どことなく嬉しそうだ。先ほどの言葉は本心なのだとわかる。

——ああもう。ほんと水明って困る。

なにが困るかと問われれば返答に窮するけれど、困るものは困るのだ。

じわじわ、むずむず。なんともくすぐったい想いに駆られていれば、水明がどこか気遣わしげに私を見ているのがわかった。

「ん？　どうしたの？」

「いや、食が進んでいないと思って。腹が減ってないのか？」

もう食べ終わりそうな水明と違い、確かに私の食事は三分の一も手がついていない。

「あ……うん。もういいかな」

「具合でも悪いのか」

どう説明したものか。ポリポリ頬をかいて愛想笑いを浮かべる。

「ちょっと、ね。最近、ごはんを食べると気分が悪くなるんだよね」

胸の奥がつっかえているような感覚に見舞われ、胸やけがするのだ。正直、今もそう。数口食べただけで胃がムカムカしている。毎回というわけではないから、その時々の体調なのだろうけど——。

「あ、別にぜんぜん食べられないわけじゃ——って、わわっ!?」

「………」

突然、やたら神妙な顔つきをした水明が腕を掴んできた。私の額や首筋に触れると、はあとため息をこぼす。

「熱っぽい。具合が悪いなら寝ていろ」

「いや、寝込むほどじゃないよ？」

「……食い意地が誰よりも張ってるお前だぞ。飯を残すこと自体、異常だ」

「その言い草はさすがにひどいと思うな!?」

人をなんだと思っているのか。思わず涙目になれば水明は深く嘆息した。

「さっき……夢を見たんだ」

「夢？」

「東雲が出てきた。夏織を放っておくなだの、もっと気にかけろだのと説教された」

「うわあ！　嘘。本当に？」

「本当だ。正直、生きた心地がしなかった……」

一升瓶を抱えた東雲さんに延々と説教されたそうだ。えらい剣幕で詰められたから、とても印象に残っているという。

「最近、仕事にかまけていたからな。気にくわなかったんだろう」

そっと水明の手が頬に触れた。

「無理をするな。お前になにかあったらと思うと……怖い」

烟るまつげに縁取られた瞳が不安げに揺れている。ゆらゆら、ゆらゆら。唯一の味方だった母親に先立たれた水明にとって、身近な人の死はなによりも恐怖をかき立てる。

「……わかった。心配させてごめん」

動けないわけでもないからと、自分を後回しにするべきではなかった。亡くなった養父が夢の中まで出張ってくるくらいだ。よほど心配させてしまったのだろう。

「東雲さんが戻ってくるまで、店を守るって約束したのにね。私が倒れたりしたら本末転倒だ。ありがと。ゆっくり休むよ。大切な日なのに手伝えなくてごめん」

「構わない。人手が足りないわけじゃないしな。たぶん、ナナシがなんとかする」

「いいの？　なんだか他人任せじゃない？」

「別にいいだろ。アイツ、俺より張り切ってるんだ。お披露目会の段取りだの食事の用意だの、こっちがなにもしなくてもいいくらいに仕切ってる」

「アハハハ……！　ナナシらしい！」

「だろう？　だから安心しろ。薬を処方しようか。現し世の医者に診せに行くでもいい」

「うん。わかった。薬かあ。どうしようかな……苦いのはやめてね？」

「さあ？　それは保証できかねるな」

「うわあ。いじわる」

肩を寄せ合ってクスクス笑い合う。

胸が温かいなあ。ポカポカして仕方がない。

自分を心から気遣ってくれ、心配してくれる相手がいるってすごく尊い。そっと左手の薬指に触れれば、馴染んだ硬い感触がする。絶対に幸せになると、東雲さんの前で誓いを立てた指輪だ。突き詰めればただの金属。しかし、指輪が内包する温かさは――いつだって私たちに寄り添ってくれている。

……本当に水明と結婚できてよかった。

彼がいるだけで私の心はこんなにも救われる。

――その時だ。

「……ッ!?」

ゾクゾクと悪寒がして、全身に鳥肌が立った。

水明も異変に気がついたらしい。同時に立ち上がって辺りを見回せば、店の中に見慣れぬ存在がいるのに気がついた。

幻光をこぼす蝶の明かりが、闖入者《ちんにゅうしゃ》の姿をおぼろげに浮かび上がらせている。

それは子どものようで大人のようでもあった。頭は大きいが、体は赤ん坊のように幼いままだ。薄汚れたボロをまとっていて全身が獣のように毛深い。脂っぽい髪がべったり張りついた顔は無表情で、口や鼻は牛に酷似している。怯えた様子で背中を丸めたソイツは、蛙のように盛り上がった瞳で胡乱げに私たちを見つめていた。

「……お前は誰だ」

警戒心をあらわにした水明が問いかける。

黄ばんだ布包みを大事そうに抱え、キロキロと周囲に視線を投げたそれは、掠れ声で小さく答えた。

「ケッケ……」

「ケッケ？」

まるで聞き覚えがない名だ。古今東西のあやかしに詳しかった東雲さんなら違っただろうが、皆目見当がつかない。

「………」

水明は思い当たる節があったようだ。なにか考え込んでいる様子だった。

——ぺたり。ぺたん。

「ヒッ……」

そうこうしているうちに、ケッケが近づいてきた。小さな足が踏み出すたび、やたら湿っぽい音がする。

「ケ、ケッケさん？　う、うちになにかご用ですか？　薬屋ならまだ——」

そもそも不法侵入だ。ぬらりひょんじゃあるまいし、オープン前の店に上がられても困る。毅然と対応しなくちゃと気を引き締めていれば、ぷうん、となにかの羽音が耳もとを掠めていった。まさか、とケッケをまじまじと眺めれば、数え切れないほどの羽虫がたかっているのがわかる。

——う、うわあああああ……！

ぞわぞわぞわ。嫌悪感がこみ上げてきた。無意識に後退る。背後にあったテーブルがお尻に当たった。ガタン、と大きな音が鳴ると、ケッケはにたぁりと目を細め――。

「おめえはオラたちの〝かかあ〟になってくれるか？」

意味不明の言葉を吐き、ぶわりと存在感を膨らませた。

「……ッ!?」

ケッケが抱えていた包みから、ずるりとなにかが飛び出してきた。

――手だ。血で濡れた赤ん坊の手。いくつも連なって触手のように絡み合っている。真っ赤に染まった手は、なにかを求めるかのように蠢《うごめ》き、怒濤の勢いで私に迫ってきた。

「えっ!?　な、わ……きゃああああああああああっ！」

みっしりと集まって動く手は芋虫を連想させる。

――ケッケには悪いけど生理的に無理……！

悲鳴をこぼして水明にしがみつくが、なぜか彼はその場で微動だにしない。元祓い屋の彼らしくない行動だった。いつもなら真っ先に護符を構えそうなものなのに――。

そうこうしているうちにも、数え切れないほどの赤ん坊の手が近づいてくる。もう駄目だと、ギュッと硬く目を瞑る。

「……？」

しかし、なにかが自分に触れてくる気配はない。

そろそろと目を開ければ、間近に赤子の手があるのに気がついて悲鳴を呑み込む。

あまりの状況に腰が抜けてしまった。力なく床に尻もちをつけば――スルスルと伸びてきた手が、私の指に触れたのがわかった。

「……え」

か弱い力だ。遠慮がちに私の指を握っている。赤ん坊独特のしっとりした手は、それ以上なにかをしてくる様子はない。キョトンと拍子抜けしていれば、やがて空気に溶けるように消えてしまった。

「――ああ。よかった」

ケッケがぽつりと呟く。彼の手もとには、いつのまにか布の包みが戻っていた。中でなにかが蠢いているのがわかる。きっとあの赤ん坊の手だ。ケッケは、中身を慈しむかのように撫でてやっている。その瞳には慈愛があふれているように思えた。

――な、なんだったの……？

バクバクと心臓が脈打っている。

〝かかあ〟とはどういうことだろう。ケッケの目的は一体――？

「あの」

声をかけるも上手く言葉が出てこない。

なにも言えないでいると、ケッケは私たちに背を向けた。

「オラは帰るだ。……なあ、アンタ。ちゃんと可愛がってやれよ。頼む」

それだけ言い残して、ぺたぺたと歩き出した。すう、と姿が薄くなる。なにも言えず、ポカンと固まっている間に、ケッケの姿は闇に溶けて見えなくなってしまった。

「可愛がるって、なにを……？」

なにもかもが理解できない。ただ、ひとまずの脅威は去ったようだ。ほう、と安堵の息を漏らしていれば、勝手口の方からガタガタとやかましい音がした。

「ちょっと!?　悲鳴が聞こえたわよ……!?　なにがあったの！」

血相を変えて飛び込んで来たのはナナシだ。金目銀目に、にゃあさんまでいる。

「おいおい、まっ青じゃねえか。水明！　お前がいながらどういうことだよ!?」

怒りをあらわにした銀目が水明に詰め寄った。水明は、ナナシたちに見知らぬあやかしと遭遇したのだと事情を説明している。私は、膝に飛び乗ってきたにゃあさんを抱きしめて、平静を取り戻すのに必死だ。

「すっごい怖かったよ〜……」

「またなにかあったの？　まったく。アンタもたいがい変な事件に巻き込まれるわよね」

「好きでしてるわけじゃないもん……」

辛辣《しんらつ》な口ぶりながら、大人しく抱きしめさせてくれる親友の優しさに浸っていれば、

「だから、ちゃんと説明しろよ！　その、なんとかってあやかしが出てきた時、ちゃんと夏織を守ってやったのかよ。アイツはお前と違ってなんの力もねえんだぞ！　あんなに怯えて……これじゃ、守りきれたとは言えねえだろう！」

銀目の荒ぶった声が聞こえた。驚いて顔を上げれば、銀目が水明の胸ぐらを掴んでいる。まさに一触即発の雰囲気だ。

「……アイツに敵意はなかった。だから問題ない」

「そういうことじゃねえ！　夏織を怯えさせたのが問題だって言ってんだ！　守るって約束しただろうが。俺と――東雲ともだ！」

銀目の指摘に、水明はムッツリと黙り込んでしまった。なおも言い募ろうとしている銀目を金目が「まあまあ！」と必死に抑えている。双子の声を聴きながら、私も疑問を抱かずにはいられなかった。元祓い屋で、あやかしへの対処に慣れているはずの彼が、見知らぬ相手に好き勝手させたのは確かに不可解だ。

「………………」

水明が私を見た。迷いを感じさせる瞳にドキリとする。

――どういうこと……？

ピピーンと脳裏にとある考えが閃く。

――もしや、私に愛想を尽かして守る価値がないと判断したとか……!?

さあっと血の気が引いていく。心変わり？　それとも……。

――ま、まさか……浮気!?

新店準備の間になにかあったのだろうか。ずいぶん長く留守にしていたし――。私と会わない間に、ボインでキュキュッとしてズギャーンな美女に迫られていたとしたら？

ううっ！　嫌だ、考えたくない！　思考がグルグル回る。三年目の浮気なんて勘弁してほしい。脳内のBGMは、浮気をテーマにした某デュエットソング。いや、さすがにネタが古すぎるけど！

思わずひとり震えていれば、ナナシが私の肩に手を置いた。

「ナ、ナナ――……」

涙ぐみながら顔を上げると、思いも寄らない表情と出くわしてギョッとする。

「ウフフフフフフフフ……」

ナナシが満面の笑みを浮かべていた。琥珀色の瞳を煌めかせ、ほんのり頬を上気させる様は喜色にあふれているとしか表現しようがない。

「ど、どうしたの？　なにかいいことでもあった……？」

正直、こっちはそれどころじゃないのだけれど。浮気疑惑だ。一大事である。

困惑しながら訊ねれば、突然、ナナシが私を抱きしめた。

「夏織っ！　おめでとう……!!　そうかな～って思ってたんだけど。やっぱりね～！」

「はいっ!?」

なにがめでたいのか。水明に愛想尽かされたのが喜ばしいことだとでも!?

わけもわからずグルグル考え込んでいると、はあ、と水明が嘆息したのがわかった。

「ナナシ。ケッケだが――」

「ええ！　間違いないわ。ケッケの訪れは徴《しるし》。〝変化〟の報せよ」

「……やっぱりそうか」

水明はグッと顔を上げると、銀目をまっすぐ見返した。胸ぐらを掴まれたせいでヨレてしまったシャツを直し、バンバンと銀目の腕を強く叩く。

「アイツを怯えさせたのは悪いと思っている。だが……必要だった。俺は間違ってない」

「は……!?　いや、だからどういうことだってんだよ！」

青筋を立てて怒りだした銀目に、水明はフッと余裕の笑みを浮かべた。

「夏織、やっぱり今日はゆっくりしてろ。わかったな？」

「あ、う、うん……それはいいんだけど」

「大人しくしてるんだぞ。明日、一緒に現し世の医者に行こう。遠近《とおちか》に頼めば紹介してくれるはずだ」

「いや、えっと？　医者にかかるほどじゃ――」

「駄目だ（よ）！」

「ひいっ！」

ナナシと水明に同時に否定されて身をすくめる。そろそろと顔を上げれば、鬼気迫る様子に表情が引きつった。

「どうしたのさ。なんだか怖いよ……？」

ぎゅう、とにゃあさんを抱きしめる。顔を見合わせた水明とナナシは、困り果てたように肩をすくめた。

「……正直、どうして自覚がないのか、アタシにはちっともわからないんだけど。大丈夫？　鈍感すぎやしない？　自分の体に興味がないのかしら……？」

「夏織だからな。本以外に関しては、基本的にのほほんとしてる。無頓着とも言う」

「あ〜。確かにそういうところあるわね。東雲にそっくり」

「なんでふたり揃って私の悪口を言い出したの!?」

唐突なディスである。思わずしょんぼりとしていれば、水明が苦く笑った。

「お前は本当に仕方ないな」

優しく頭を撫でられてムッとしてしまった。まるで子ども扱いだ。唇を尖らせていれば、水明が諭すように語り始めた。

「説明してやる。ケッケは別名、血塊《けっかい》と呼ばれるあやかしだ。ケッケというのは長野での名で、埼玉や神奈川なんかにも現れる。お産の時に姿を見せるのが特徴だ」

「お産……？　ここらじゃ最近は聞かないけど……」

「四年前にお豊《とよ》が出産した時以来だな。それ以降はないんじゃないか？」

水明が小さく息を吐いた。じっと私を見つめて話を続ける。

「あれは、無事に生まれられなかった子どもの想いが形を成したあやかしだ。大昔は、今と違って医学の知識もなかった。人の形を成さないで生まれた子は忌み嫌われ、床下に埋められて弔われる機会すら得られなかったんだ」

ケッケが生まれると、自在鉤の上に登るだとか縁の下に逃げ込むだとか言われている。神奈川県では、自在鉤に登ったケッケを叩くために、鉤にしゃもじをつけておいたという。この世に生まれ落ちることも叶わず、供養もされなかった子どもの無念はいかばかりだったろう。あのケッケは、無念のうちに死んだ子どもの想いを携えて幽世中に出現するらしい。そう――その身に新しい命を宿した人のところに。

「ケッケは、死んだ子の想いを妊婦に託して成仏させてやるんだ。妊娠していない相手の前には現れないから、金目銀目や夏織が知らなくても仕方がない。俺は薬屋だからな。客からケッケの名を聞く機会があった」

「……そ、そっか」

水明が説明してくれているが、正直、まるで説明が頭に入ってこなかった。

だって、それじゃ――。

「わ、私……妊娠してるってこと？」

ぽつんと呟けば、水明の瞳が柔らかく滲んだ。ギュッと私の手を握って頷く。

「ああ。ケッケが来たからには間違いない。おめでとう夏織」

――私が妊娠？　お腹の中に……水明の子どもがいる……？

ポカン、と口を開けたまま固まった。

「マジかよ」

「うわあ！　夏織、おめでとう！」

金目銀目が声をかけてくれた。ぎこちなく頷きを返し、腕の中に視線を落とせば、幼い頃からずっと一緒にいてくれた親友と目が合った。

「なによ。呆れた。今、気がついたわけ？」

にゃあさんは意味ありげにオッドアイを細め、耳を忙しなく動かした。

「知ってたの？」

「そりゃあね。匂いが変わっていたし熱っぽかった。妊娠すると、人間は味覚が変わったり嗅覚が敏感になったりするのよね？　まさにそのとおりの症状が出てたじゃない」

——全部歳のせいだと思ってた……！

ショックのあまり眩暈を覚える。ひとり衝撃に打ち震えていれば、「だから一緒に寝ようって誘ったじゃない」と、にゃあさんは私の腕の中から飛び出した。テーブルの上にちょこんと座って、三本の尻尾をゆらゆら揺らす。

「おめでとう、夏織。アンタも親になるのね。秋穂《あきほ》みたいに」

「……！」

亡き母の名前に、じわりと涙腺が熱を持った。

「す、水明」

ドキドキしながら彼の名を呼ぶ。声が震えそうになりながら気持ちを吐露した。

「嬉しいけど、ちょっと怖いよ」

自分のお腹に触れる。命が宿っているはずなのに、特別膨らんでいるわけでもない。本当に私の子どもがいるのだろうか？　実感がまるで湧いてこなくて困惑する。

「今までは自分のことだけ考えていればよかった。だけど——これからは違うんだよ。誰かの人生を背負うんだもの。だ、大丈夫かな。私にできるかな……？」

私を置いて先に逝ってしまった父と母。彼らもこんな気持ちだったのだろうか。

嬉しくて、ソワソワして。今にも空を飛べそうなくらいにふわふわしているのに、そこはかとない不安が全身を包んでいる……。

なんとも言えない感覚。戸惑うしかない。

「……大丈夫だ」

すると、お腹に触れている私の手の上に水明の手が重なった。

「大丈夫。俺がいる」

温かい。そして——私の手を包み込むような大きな手。まるで安心を象徴するかのような力強さを持った手から、じわじわと優しい熱が伝わってくる。

「お前の隣にはいつだって俺がいるから。だから安心していいんだ」

「……！」

鼻の奥がツンと痛くなった。涙がこぼれそうになって、無言のままコクコクと頷く。

「やだ！　水明だけじゃないわ。アタシだっているわよ！」

ナナシが胸を張った。すかさずにゃあさんも口を挟む。

「あたしも忘れないでほしいわ。……まあ、猫の子育てしかわからないんだけど」

そういえば、にゃあさんには出産経験があったはずだ。「頼もしいね」と笑みをこぼせば、にゃあさんが続けた。

「ひとりで気負うなんて馬鹿馬鹿しいわ。みんなで子育てすればいいのよ。あたしやナナシ、水明だって。そうやって……東雲もアンタを育ててきたんだから」
「東雲さん……」

きゅっと胸が苦しくなった。慣れない子育てに奮闘した養父。これから自分が同じ立場になるのだと思うと、心の奥底が騒ぐ。東雲さんが生きていたら、どんな顔をしただろう。どんな言葉をくれただろう……。ああ、会いたいなあ。

一粒の涙が頬を伝った。洟《はな》を啜《すす》って涙を拭う。私はみんなに向かって頷きを返した。

「……ありがとう。きっと大丈夫だよね」

小さく息を漏らす。なんて〝変化〟だろう。日常の延長がこれからも続くと思っていたのに、まったく予想がつかなくなってしまった。

だけど――なによりも嬉しい〝変化〟。あまりにもまぶしくて、今まで新鮮に思っていたすべてが霞んでしまった。世界の見え方すら変わりそう。それだけ衝撃的だった。

「水明、一緒に頑張っていこうね。これからどうするか決めなくっちゃ。お互いの仕事とか、いろいろ。子どもが生まれたら今までどおりにはできないだろうし」

「…………。ああ」

グスグスと鼻を鳴らしながら言えば、水明はちょっぴり困ったように頷いた。

「……あ」

思わず声を漏らす。水明の瞳の奥に不安な色を見つけてしまったからだ。

そうだった。水明も、普通の家庭で育てなかった人だ。

唯一の味方だった母には先立たれ、父親からは行き過ぎた教育を受けた。水明にとって、長らく家庭は安寧の場ではなかったのだ。〝普通〟の家族像なんて、彼の中にはない。幽世に落とされはしたものの、平穏な日々を過ごしてきた私とは事情が違うのだ。

――そっか、そうだよなあ。

不安なのは私ひとりじゃないんだ……。

「一緒に考えていこう。いっぱい、いっぱい。子どもを不幸にしないために」

手を強く握り返す。笑みを浮かべれば、水明はホッとしたように表情を緩めた。

「あれ～？　どうしたの。みんな揃って！」

頭上から能天気な声が降ってきた。吹き抜けの二階から、真っ赤な舌を出したクロが顔を覗かせている。どうやら騒ぎに気づいて起きてきたらしい。

「ん？　あれれ？　あれれれ～？」

ピン、とクロの耳が立った。バタバタとやかましい足音を立てながら二階から下りてくる。私の足もとに駆け寄ったクロは、後ろ足で立つと素っ頓狂な声を出した。

「ど～して夏織が泣いてるの!?　水明！　駄目でしょ、奥さんを泣かせたら～」

「は？」

クロがぷりぷり怒っている。あまりにも的外れな発言に水明が困り顔になった。他の面々は誰もが俯いている。笑うのをこらえているらしい。

「クロ。あのな……」

「水明、言い訳は聞きたくないよ！　夏織が大好きなんでしょ。だったら泣かせちゃ駄目だよ。文庫本に夏織の写真を挟んでるの、オイラ知ってるんだからね！　いつか子どもができた時のためにって、育児本をこっそり買ってるのも知ってるし――」

初耳である。思わず水明の顔を見れば、彼は大慌てでクロを抑えにかかった。

「ま、待て。クロ！　ちょっと黙ってろ。ペラペラしゃべるんじゃない！」

「なにさ、ほんとのこと……ふぐっ!?」

口を塞がれたクロが苦しげに暴れている。

おしゃべりな相棒を腕に抱えた水明は、額に脂汗を滲ませてぎこちなく笑んだ。

「とっ、ともあれ……明日、病院に行くからな。具体的な話はそれからだ」

「う、うん……」

正直、私は笑いをこらえるので必死だ。

「アハハハハ……！　よかったなあ、夏織！　コイツ、いいパパになりそうで！」

真っ先に我慢の限界を迎えた銀目が大笑いし始めた。

「やめろ。茶化すんじゃない……」

水明は茹で蛸のように顔を真っ赤にしている。

それが本当に可愛くって――愛おしくて。

……ああ。なにも心配する必要はなかったんだ。大好きな人がいつだって支えてくれる。

「アハハハハ……！　準備万端だ。こりゃいいや」

ついに、私も笑い出した。金目とナナシもお腹を抱え肩をふるわせている。にゃあさんは呆れた様子でため息をこぼしていた。ポカンとしているのはクロだけだ。

「パパってどういうこと？　病院？　誰か具合が悪いの？　ねえみんな、水明のお店が開店するのをお祝いに来てくれたんじゃないの……？」

クロの言葉に、一同が顔を見合わせた。

「「アッッッ!!」」

金目銀目が素っ頓狂な声を上げる。ふたりは水明を挟んで立つと、がっちり肩を組んだ。

「わっりぃ！　すっかり忘れてたわ！　開店おめでとう！」

「ダブルでおめでたいね～。これから家族のために馬車馬のように働かないとね！」

「お前ら、いい加減にしろ……！　それでも俺の友だちか!?」

「「怒るなよ、親友～!!」」

「ええい。だったら祝儀をよこせ!!」

「「うっわ。自分から言う？」」

三人がギャアギャア騒いでいる。私とナナシは顔を見合わせ、思わず破顔した。

事情がわからず、一匹だけ取り残されたクロはそれでも目をキラキラさせている。

「んんー。よくわかんないけど。みんなが楽しそうでなによりだね！」

クロはゆらりと尻尾を揺らすと、愛くるしい笑みを浮かべた。

「今日は水明にとって新たな門出の日だよ。これからもずっとずっと……こういう風に笑顔いっぱいで過ごせていければいいねえ！」

クロの言葉が胸に深く響く。私たちは、優しい気持ちで頷き合ったのだった。

日々、私たちの前には次々と新しい〝変化〟が姿を現す。

日を追うごとに体が変わっていくのがわかる。芽生えた命は、着々と育ってきていた。

ただの〝私〟から〝母親〟へ——目まぐるしく現れる〝変化〟に目が回りそうだ。

東雲さん、びっくりしたでしょう！　私が母親になるんだって。

私は東雲さんのように、子どもが尊敬できる親になれるかな？

あなたのように、子を守り抜けるだけの力を持てるだろうか——？

いまだ人生はなかばだ。まだまだ——答えは出せそうにない。

第二話　玄鳥至る

ツバメの雛が軒下の巣で鳴いている。

古びたアパートの一室。ポカポカと春の日差しが差し込む窓辺で横たわった秋穂は、特になにをするでもなくぼんやりと雛の声を聴いていた。

「……秋穂」

ふいに名を呼ばれて首を巡らせる。知らぬ間に、そばに男性が座っているのがわかった。大きな眼鏡に柔らかな栗色の髪。淡いカーディガンの色が彼の白い肌に合っている。細身で優しげな雰囲気をまとった彼のかたわらにはスーパーの袋。どうやら買い物から帰ってきたらしい。

「ぼうっとしてた。おかえり、義之《よしゆき》くん」

頬を緩めれば、義之が手を伸ばしてきた。男性にしては細く、華奢な指。日焼けしていない白い肌は繊細で、手荒れした自分の手よりかよっぽど女らしい。

「ん……」

額に触れた義之の手の冷たさに声を漏らす。日差しは春めいているのに、外気はいまだ冬の気配を残しているようだ。気管支が弱く、風邪を引きやすいパートナーが少し心配になったが、義之の不機嫌そうな顔を見て噴き出しそうになってしまった。

「やだ、どうかしたの？」

「……いつも元気な君をここまで弱らせる、妊娠という状態について考えていた」

「なにそれ。変な言い方」

クスクス笑った秋穂に、義之はムッツリと黙りこくった。なにも言わずに買ってきた品々を片付け始める。一見すると機嫌を損ねたかのように見える行動だが、別に不機嫌になったわけではないと秋穂は知っていた。思考の海に潜っただけだ。日常をこなしながら、義之の脳内は目まぐるしく稼働していて、真理を目指して邁進《まいしん》し続けている。いつもなにがしかの考察に忙しい義之は表情が乏しく、親しくない相手からは誤解されがちだ。

秋穂と義之は結婚して二年目。秋穂のお腹の中には待望の第一子が宿っていた。

ふたりの出会いは大学だ。と言っても学生同士というわけではない。義之は大学で文学史を研究している助教授で、秋穂は学食のアルバイトだった。

普通ならば、あまり接点はないだろうふたりの道が交わったのは、大学図書館でのこと。秋穂は自他共に認める乱読家で、仕事終わりに図書館に通い詰めていた。そこの大学は、学生以外にも貸し出しを行っていたから、近所の図書館の本をあらかた読み終わっていた秋穂にとっては天国だったのである。

しかし、そんな秋穂にとっていくつか不満な点があった。

読みたい本の続刊を、とある研究室の助教授がなかなか返却してくれなかったのだ。

早く続きを読みたいのに、待てども待てども返却されない事実に腹を立てた秋穂は、ある日、食堂に現れた無愛想な助教授——義之に詰め寄ったのである。

『いい加減にしてよ！　（本の続きを待ち焦がれる）私の心をいつまで弄ぶつもり!?　早くしてくれないと、私……私、（本が読みたくて）死んじゃうんだから……！』

涙ながらに訴える秋穂。事情が呑み込めずに石像のように固まる義之。学生たちで賑わう学食で行われた修羅場（？）に、一時騒然としたのは言うまでもない。

ともあれ、それがきっかけで距離が縮まった。偶然にも、秋穂と義之は本があれば他になにもいらないタイプで、似たもの同士のふたりは自然と惹かれ合った。

やがて、結婚したふたりの間に小さな命が宿る。出産予定日まであと一ヶ月ほど。産婦人科では女の子だろうと言われている。

「秋穂」

「ありがと……」

台所から戻ると、義之は秋穂に皮を剥いたりんごを渡した。

出産を間近に控えた秋穂だったが、安定期が過ぎてもつわりが続いており、膨らんでいくお腹とは裏腹にげっそりとやつれ細っている。いわゆる〝フルコース〟という奴だ。なにを食べても吐き戻してしまう中、りんごは秋穂が食べられる数少ないメニューだった。

「ほんと参っちゃうね。妊娠がこんなにしんどいとは思わなかった」

産院で知り合った同期の妊婦たちは、それぞれマタニティ生活を満喫しているというのに、七転八倒しながら苦しみに耐える日々……。正直、うんざりだ。

疲れ切った様子でりんごを頬張る秋穂に、義之の表情が曇る。

「君ばかりに負担がかかるのが申し訳ない」

陰鬱な表情をしている義之に、秋穂はにんまりと笑んだ。

「じゃ、君が妊娠する？　シュワちゃんの映画であったね。男性が妊娠する話！」

冗談を口にしながら、秋穂の心は浮き立っている。真剣に自分を慮ってくれる夫が愛おしくて、ついつい軽口を叩いてしまったのだ。

浮かれた秋穂の頭からは、すっぽりと重大な事実が抜け落ちている。

彼女の夫には――まったく冗談が通じないことを。

「……なるほど。それは技術的に可能な話なのか？　専門外だが、論文があるなら読みたいな。こういう技術は米国の方が進んでいそうだ。渡米……渡米か……」

義之の目がギラリと剣呑な光を宿した。

「ちょっと待って。シュワちゃんの話は、あくまで創作よ、創作！」

「創作？　いや、研究者がどこかにいるはずだ。発想としてはいかにもありがちで、しかし実現できそうでできない。需要はあるはず。ふむ。捜してみようか……」

大真面目に可能性を検討し始めた義之を慌てて止める。しかし、義之はまるで秋穂の話を聞いていない。ブツブツと呟きながら、近くにあった時刻表に手が伸びている。今にも海外行きの手配をし始めそうな気配だ。こうなったら止まらないと秋穂は身に染みて知っていた。なんて無駄な行動力。来月には出産なのに、海外に飛ばれちゃ敵わない！

「おっ……落ち着こうかー！　義之くん！　確かに妊娠は大変よ？　だけど、君が苦労していないわけじゃない。家事を肩代わりしてくれているでしょう。研究や授業で忙しいのによくやってくれてると思ってるのよ、私！」

「だが――」

「それに、このお腹にいる子を君に移すわけにもいかないでしょう。冗談よ、冗談だからね。本当よ、私を信じて！」

「そうか……」

しゅん、と義之が肩を落とす。

ぜい、はあ。秋穂は肩で息をしている。なんとか海外行きは阻止できたらしい。

しかし、義之が次に口にした言葉に、秋穂は己の耳を疑う羽目になった。

「妊娠なんてなかなかできないだろうから、非常に興味深かったんだがなあ……」

「……義之くん？　それってどういう意味？」

「ちょっと面白そうだった」

「うっそ!?　実は興味本位だった!?　うわあ～！　妻を想う故の暴走じゃなかったってこと？　私も人に〝変わってるね〟って言われるけど。君もたいがいだよねえ～」

ケラケラ笑う秋穂に義之は照れ笑いを浮かべている。

シャクッとみずみずしいりんごを噛みしめた秋穂は、部屋の中を眺めてしみじみ言った。

「まあ、そういう君が好きなんだけどね」

壁には本棚が並んでいて、ぎっしりと本が詰め込まれている。助教授である義之の給与はけっしていいとは言えなかった。部屋は狭くて本を置く場所だってあまりない。本棚に並ぶのは、生活費をやりくりして買い集めた――いわば自分たちで作り上げた傑作選。

本が好きすぎると飽きられた経験はあれど、一緒になって本を……そして物語を楽しんでくれる人に出会えたのはまさに奇蹟だ。生活は楽ではなかったが、それでも秋穂は義之との生活に満足していた。

「この子にも君みたいな人に出会ってほしいなあ」

お腹をさすりながら呟いた言葉に、さすがの義之も変な顔になった。

「まだ生まれてもいないのに？」

「あら！　男親は娘の恋愛に敏感だと聞いたけど、まさか義之くんもそうなの？」

「顔も見てないんだぞ。正直、親としての実感はない。だけど――君の発言が、時期尚早であろうことは理解できる」

「まあね！　そりゃそうなんだろうけどね……」

フッと笑みをこぼす。表情は乏しいが、誰よりも優しい人を見つめて秋穂は続けた。

「相性がぴったりな人と出会うのって大変じゃない？　私は幸運にも義之と出会えたけど、娘もそうだったらいいなって」

義之の耳朶《じだ》が真っ赤に染まった。居心地悪そうに身じろぎする。照れているらしい。

「そ、そうか。それもそうだな」

「あ、嬉しいなあ。わかってくれた！　娘って父親に似た人を好きになるって言うじゃない。だからきっと、この子も君みたいな人を選ぶよ。物静かで、不器用で。言葉を交わさずとも心地いい時間を共有できるような……。相手を尊重してくれる。そんな人」

そっと膨らんだお腹に手を添えた。

「この子もきっと、つわりが酷いだろうなあ。うちの母さんもそうだったから。体質よね。だから、義之みたいに妊婦を気遣える人だったらいいな。しんどいけど、子どもが生まれてくるまでの日々ってワクワクだもの。大切な思い出にできたらいい」

両手を広げてなにもない宙を抱く真似をする。穏やかに微笑む秋穂の瞳には、まだ見ぬ娘の姿が映っているようだ。

「命懸けの出産を終えたら、小さな小さなわが子を抱っこするの。可愛いねって言い合って、ちゃんと育てられるかなって不安になって。ふたりでちょっとずつ親になっていくのよ。そばにいてくれる人が、自分にとって最高のパートナーだったら一番じゃない？」

やつれた顔で微笑む秋穂に、義之は大きく頷いた。

「本当にそうだな」

それだけ口にして、じっとなにかを考え込んでいる。

「そろそろ名前を考えなくちゃ」

ぽつんと呟き、義之は口を閉ざした。薄い色をした瞳は遠くを見ている。秋穂は義之の視線を追った。彼の瞳は、軒下に作られたツバメの巣に注がれているようだ。

「あの雛たちが巣立ったら、そろそろ夏の匂いがしてくるだろうね」

ツバメが営巣するのは春頃だ。雛が生まれてから、おおよそ三週間後には巣立っていく。雛たちが一人前になる頃には、若葉であふれていた世界は力強い濃緑で覆われているだろう。彼らは青々とした夏の世界に飛び出していくのだ。

「新しい世界で、雛たちはたくさんの縁を紡いでいくんだろう。良い縁、悪い縁、すべてを織り交ぜてじょじょに大きくなっていく。やがてみずからも親になる時に備えて、たくさんの縁を手にしていくんだ――」

義之の手が伸びる。母鳥の帰りを待ちきれず、ひょっこり巣から顔をのぞかせている雛を愛でるかのように、指先が虚空を撫でていた。

「……夏織はどうだろう。夏に織る……で夏織」

ふと義之が口にした名前の響きに、秋穂は何度か目を瞬いた。

興奮気味に頬を染めた義之は、身振り手振りを加えながら早口で語り出す。

「暦の上ではもう夏だろう？　君の名にも季節が入っているし、親に因《ちな》むのはいいアイディアだと思うんだ。それに！　夏は成長の季節だ。命あふれる力強い季節。きっとすくすく育ってくれるに違いない。〝織〟って漢字も綺麗だろう？　女の子っぽいし、織物ってさ、縦糸と横糸と……たくさんの糸の集合体だろう？　たとえば、糸を誰かとの〝縁〟だと仮定すれば、ひとつひとつを自分の中に〝織り込んで〟成長すると言えるんじゃないか。──いや、誰かの縁を繫ぐ手伝いをするようになるのかも。そこにはきっと、たくさんの笑顔があるんだろうね。秋穂の子だから……みんなに好かれるはずだ」

ペラペラと早口で捲し立てる義之を、秋穂は呆然と見つめている。

「……あっ」

興奮気味に持論を展開していた義之は、妻が話について来ていないと知るやいなや、頬を染めた。

「勝手にごめん。先ほどまでの勢いはどこへやら、しゅんと肩を落とす。……あの、別にこれで決まりってわけではなくて。母親は君なんだから、好きなように名前をつけてくれてかまわ──」

モゴモゴと口ごもる義之に、秋穂は満面の笑みを浮かべた。

「いいわね！　夏織！」

「え」

「響きもいいし、私の名前に因んでるんでしょう？　すっごく気に入った！」

バシバシと義之の腕を叩く。目を白黒させている義之に、秋穂は心底嬉しそうに笑う。お腹の膨らみに手を添えると、そっと中の子へ語りかけた。

「夏織、夏織……。君の名前は夏織だよ」

ひどく優しげな声色に、じんわりと義之の瞳が滲んだ。頬が染まり、幸せを嚙みしめるかのように秋穂に寄り添う。

「……か、夏織。来月には顔が見られるね。パ、パパも楽しみにしてるからな。たくさん本を用意して待っているから」

「ふふふ。ママもよ！　三人で本を読もう。本当に楽しみ……！」

秋穂と義之が微笑み合っている。

「夏織、一緒に幸せになろうね。ママとパパが君を幸せにしてあげる」

優しい声が、古びたアパートの一室に静かに響いていく。そっと瞼を伏せた秋穂は、わが子と愛おしい人との幸せな未来を夢想して、柔らかく笑んだ――のだが。

「ウッッッッッ!!」

瞬間、頬がハリセンボンのように膨らむ。体がりんごを拒否したらしい。逆流してきた異物を吐き出すまいと、秋穂は必死に耐えた。

「わ、わあああああっ！　待って、秋穂ちょっと我慢して!!」

口もとを押さえて固まった妻に、あわあわと義之が立ち上がった。

「ぐうっ!?」

途端、小指をちゃぶ台の脚に強打してうずくまる。吐くのを震えて耐えている妻。痛みに意識がもうろうとする夫――。

春の終わり。古びたアパートの中には、餌を持ち帰った母鳥を見つけたツバメの子の鳴き声だけが響いていた。――彼らのもとに玉のような女の子がやってくるまで、あと少し。

第三話　男たちの晩夏

——暑い……。

僕——烏天狗の金目は、小さくため息をこぼした。

そろそろ夏も終わりに差し掛かっている。だのに、夏の気配は一向に去ろうとしない。

熱のこもった空気に全身から汗が噴き出してくる。いまだ衰えを知らない蝉の声が暑さに拍車をかけていた。汗で濡れたシャツが肌に張りつく。下着だってぐっしょりだ。正直、今すぐにでも冷たい水に飛び込みたいくらいだった。

——東雲だったら……キンキンに冷えたビールがほしいって愚痴ったかなあ〜。

笑みを浮かべる。一度くらいは杯を交わしたかった。

冷たい汗が頰を伝う。不快感にたまらず顔をしかめれば、脳裏から懐かしい人の面影が消え去っていく。

——どうしてこんなことに……。

再び深く嘆息して、胡乱げに視線を落とした。

僕の目の前では、真っ赤に燃えた炭が轟々と燃えさかっていた。囲炉裏である。六畳ほどの狭い部屋の天井から吊り下げられた自在鉤には、大きな鍋がかけられていた。ドロドロとした濃厚な汁が、地獄の釜のように煮えたぎっている。

「クックック……。煮えろ……！　もっと！　もっとだ……！」

ボコッボコッ！　夏場にはあまり聞きたくない音を立てる鍋を、ある男が恍惚と見つめていた。男は、黒に近い茶の髪を頭の天辺で結っている。日焼けか地黒かわからないが、野性味あふれる焦げた肌を持っていた。涼やかな目もとには泣きぼくろ。かぎ鼻はやや捻れていて、口角が常に上がっていた。尖った顎から汗が滴り落ちる。さすがに暑いのか、漆黒の小紋はだらしなく乱れていた。

男は髪鬼《かみおに》というあやかしだ。この部屋の主でもある。別に親しくはない。むしろ、ときおりチクリと耳に痛い言葉を投げかけてくる髪鬼を苦手に思っていた。だのに、こうして灼熱の部屋の中で鍋を囲む羽目に陥っているのは、すべて銀目のせいだ。

「美味そうな匂いだな～！　もうそろそろか？」

上半身をはだけ、汗だくの顔に笑みを浮かべた銀目が、隣に座る男に親しげに話しかけていた。今日は銀目が属するグループの集会。嫌がる僕を、弟が無理矢理連れてきたのだ。銀目いわく「絶対に損はさせねえから！」……灼熱の部屋で鍋を囲んでいる状況が、すでに人生を損なっている気がするのは僕だけだろうか。

一年ほど前まで、僕と銀目はいつでも一緒だった。

それが当然と思っていたし、ずっとずっと続くと思っていたんだけど、ここ最近は別行動をとっている。それは僕と銀目が目指す場所が違うからだ。

数年前の夏。僕たちは、大樹の中からあやかしと人間との間に生まれた子を拾った。ただの迷子案件かと思いきや、その子は神様になるべき資質を持っていて、思いのほか大事になったのを覚えている。

事件を通じて、僕たちはたとえ双子であろうと同じではないと知った。同じ考えを持たなくてもいいし、違う夢を抱いてもいい。僕たちはじょじょに違う存在になりつつある。だから、銀目がどんな人と親しくしようが構わないと思うんだけど——。

——いや。さすがにメンツが濃すぎない……？

周囲に視線を走らせる。囲炉裏端にはもうひとり男の姿があった。

「これが味噌か。実に珍妙だな。見た目はいただけないが、匂いはいい。娘っこがオソマ《うんこ》と呼ぶのも理解できる」

大ヒットを飛ばしている漫画を手に、興奮気味に呟いたのは巨漢の男。彼の衣服には、複雑なアイヌ文様が刺繍されている。アットゥシ……とかいうらしい。かなり毛深く、脚絆や手甲がモジャモジャに埋もれている。そのわりに頭がつるりと禿《は》げているのが特徴の男の名はキムナイヌという。アイヌの人々が信仰する神々のひとりだ。

「おいおい。飯の前にうんことか言うなよ」

食前にふさわしくない言葉を発したキムナイヌに、すかさず銀目が口を挟む。

「悪い。俺らアイヌはあまり調味料を使わないからな……見慣れなくて」

「なら仕方ねえな！　味噌はうめえぞ～！　いっぱい食えよ！」

「おう！　言われなくとも!!　ワハハハハハ！」

銀目とキムナイヌは大口を開けて笑い合っている。

煮立っているのは、馬肉をたっぷり入れた味噌仕立ての桜鍋。漫画の登場人物が、味噌をオソマと呼んでいたらしい。感化されたキムナイヌは、オソマが食べたくて食べたくて仕方がなくなった。だからこの会を開こうと思い立ったそうで……。オソマ＝糞だと知っていた銀目は、なに言ってんだコイツ……と呆れた。だが、キムナイヌの計画を知るやいなや、元々お祭り騒ぎが大好きな銀目はすぐに行動に移した。思い立ったら吉日の男である。馬の肉を仕入れ、髪鬼に部屋を使わせてくれるように交渉した。髪鬼は「定期集会のついでだからいいだろう」と快諾してくれ、この会が実現したというわけだ。

「うっわ！　うっま～。なんだこれ、味噌と馬の肉って合うんだなあ」

「ふむ……確かに美味だと俺の心が叫んでいる……！　きっと文車妖妃《マイレディ》の口にも合う！」

「オソマもいいもんだな～。今度、集落《コタン》の奴らにも食わせてやろう……」

「…………」

狭い部屋。残暑厳しい中で汗臭い男たちが集まって鍋をつつく……。

正直、地獄絵図だった。お鍋が美味しく仕上がっているのが唯一の救いだ。

――早く帰ろう……。こんなの時間の無駄だよ、無駄。

なんの集まりか知らないけどさ、ここに僕がいる必要はないよね。

しらけた気分を押し隠しながら、黙々と鍋を食べ進める。すると、すでに三杯目に突入していた銀目が満面の笑顔で言った。

「金目、美味い鍋を食べられてよかったなー！　ゆっくりしていけよ。執筆ばっかりで疲れただろ？　気分転換って必要だよな！」

「………。そ、そうだね」

銀目の笑顔がまぶしい。日々、忙しくしていた僕への気遣いだったようだ。なのに、無駄だの帰りたいだの……。なんだかいたたまれなくなってきた。

「そ、そういえばさあ。君たちすっごく仲がいいよね？」

罪悪感をごまかすように話題の矛先を変えた。

「今日はどういう集まりなのさ。お鍋は定期集会のついでらしいじゃん。三人の共通点がわからなくてさあ。ちょっと興味があるんだけど」

三人は顔を見合わせた。コホン、と咳払いをして髪鬼が口を開く。

「よくぞ聞いてくれた。われらは魂に傷を負いし者……。救いを求めて人生という荒野をさまよっているうちに、同じ傷を負う同志に出会ったのだ。これぞ魂の共鳴！　内に秘めたる情念《パトス》が、知らず知らずに互いの糸をたぐり寄せて」

「もうちょっとわかりやすく言って」

相変わらず迂遠な髪鬼の発言に突っ込む。コイツの厨二病全開な発言に付き合っていたら、いつまで経っても話が進まない。代わりに説明してよとキムナイヌを見遣れば、お椀を置いた彼はいやに神妙な顔つきになった。

「同志の発言はあながち間違ってはいない。俺たちは同じ傷を負っている。簡単に癒やせない傷だ。この集まりは、次なる戦いに備えて情報を共有する目的がある」

「戦い？　情報の共有……？」

幽世で種族間の争いごとは日常茶飯事だ。平和に見えて、常にどこかで小競り合いが起きている。日常と非日常が紙一重で存在しているのが幽世だ。

――まさか、銀目が面倒ごとに巻き込まれてるんじゃないよね……？

落ち着かない気分になった。進む道は違ってしまったが、銀目が僕にとって大切な存在である事実は変わりない。弟になにかあったらと思うと背中に冷たいものが伝う。

「なにがあったの？　僕にも協力できることはある？」

さすがに放って置けないと申し出れば、

「おお……！　お前も戦線に加わってくれるのか！」

キムナイヌが満面に喜色を浮かべた。銀目と髪鬼も頬を染めて興奮気味に頷き合った。

「思えば、金目も同胞に足る資格を持っている。どうだろう、彼も仲間に加えてみては」

「おお……！　金目はすげえ頭が切れるからな！　いいと思うぜ！」

「ほう。われらとしても頭脳担当がほしかったところだからな。僥倖《ぎょうこう》、僥倖！」

ワイワイ盛り上がっている三人を尻目に、僕はなんだか不安になった。

「戦線って？　え、そんなおおごとなの……？」

どうやら事態は切迫しているらしい。嫌な予感に胸を痛めていれば、髪鬼は神妙な顔つきになって続けた。

「おおごとと言えばそうだな。なにせわれらの人生がかかっている。われわれは資料や意見を持ち寄り、どうすれば難局を乗り越えられるかの研究を定期的に行っている。会合で出た意見は積極的に実践し、検証を行ってもいるのだが……」

ゴソゴソと懐を探る。

「ぜひ貴殿にも意見をもらいたい。これは、三人で考えた〝戦略〟の結果だ。銀目、キムナイヌ。今日の一番手は俺でよかったな？」

「ああ！　もちろんだ髪鬼。確か、前回の集まりで三時間かけて編み出した策だな。銀目が持ち込んだ〝資料〟が決定打になった」

「うおお。アレか～。完璧な作戦だったよな！　で、どうだった？」

髪鬼の言葉に、ふたりは目をキラキラ輝かせている。

――完璧な計画？　一体どんなものだろう……。

居住まいを正す。命に関わるかもしれない。真剣に耳を傾けるべきだろう。

「……これが結果だ」

髪鬼が懐から取り出してみせたのは真っ白な布きれだった。無残にも切り裂かれ、ボロボロになってしまっている。それだけではない。赤い塗料らしきもので「死ね」と書かれていた。正直、ゴミにしか見えない。

「なにこれ……？」

困惑を隠しきれずに訊ねれば、髪鬼はあっけらかんと答えた。

「腰巻き……古い時代に女性がつけた下着だ。現代でいうとパンティ」

「パッ……パ？　はあああああああああ？」

思わず素っ頓狂な声を上げれば、勢いよく髪鬼が立ち上がった。裾をはだけ、囲炉裏端に足をかけて拳を天に突き上げる。

「説明しよう！　度重なる文車妖妃《ふぐるまようひ》へのアプローチに失敗し、俺は傷つき疲れ果てていた。この恋を諦めようと何度思ったことか！　だがしかし！　愛の炎はいまだ勢い衰えを知らず。文車妖妃がほしくてたまらなかった俺は、同志ふたりの意見を鑑みつつ再び行動を起こした。なんと、現し世では男性から女性に下着を贈る習慣があるらしい。銀目が持って来た『賢者の書』にも記してある！」

髪鬼が懐から本を取り出した。『メンズポックル』という雑誌で、表紙にデカデカと『イケてる女を落とす百の方法』『現代の男に必要なもの——それは包容力、そして筋力だ！』とあった。髪鬼がとあるページを開く。確かに、『彼女とセクシーな夜を過ごすためのスパイス』という特集に『好みの下着を贈る』という項目がある。

——ンンンンンン……！

男性向け大衆雑誌を『賢者の書』よばわりしている事実に頭を抱えたくなる。ひとり動揺していれば、頬を染めた髪鬼は興奮気味に続けた。

「書によれば、親密な関係になろうという願いを込めて下着を贈るそうだ。お前を独占したいという意味もある。だから俺は腰巻きを贈ろうと思った。だって！　俺は文車妖妃と親密になりたい！　欲望のまま、布団の中で組んずほぐれつした……」

「それ以上はやめろ」

真顔になって遮った。髪鬼は、コホンと咳払いをして座り直す。

「……失礼。計画は完璧なはずだった。だが、結果はこれだ。お前たちにも見せたかったぞ。文車妖妃の目……！　この世で最も汚らしいなにかを見る時、人はああいう目をするのだと思い知った。彼女は禿《かむろ》に腰巻きをズタズタに切り裂かせ——ついでに俺に馬乗りになると、思うさま拳をふるった。実は口の中が切れていてな。傷に桜鍋が染みるんだ」

まるで思い出を噛みしめているように、髪鬼の瞳が哀愁に滲んだ。

『歯を食いしばりなんし』

殺気をほとばしらせ、拳を振り上げる文車妖妃の姿がありありと思い浮かぶ。ボロボロになった腰巻きに刻まれた「死ね」という文字は、髪鬼の血で書かれているのだろう。

ゾゾゾ、と悪寒を覚えていれば、沈痛な面持ちになった髪鬼が語った。

「文車妖妃は俺の贈り物が気に入らなかったようだ。あの日以来、目を合わせてもくれない。まあ、普段から目が合う機会は稀だが」

「……作戦は失敗？」

「ああ！　三日三晩身につけて、俺の匂いを染みつかせておいたのが逆効果だったかもしれない。ちょっと異臭がしていたからな。文車妖妃には刺激が強すぎた」

「そうじゃないと思う。そうじゃないと思うんだよね!!」

思わず言葉を繰り返す。なにが悪いのか髪鬼は理解できないらしい。「やりすぎたな。二日にするべきだったか……」としょんぼりしている。まぎれもなく変態だ。性癖が歪んでいる。コイツの趣味嗜好はちっとも理解できない。

「あの、さ。銀目……」

誰かと戦うための戦略の話かと思えば、ド変態の性癖を披露されてしまった。嫌な予感がして、そろそろと銀目を見遣る。

「ちょおおおおおっと、お兄ちゃん教えてほしいんだけど」

「ん？　なんでも聞いてくれ！」

状況を理解していない銀目は無邪気に笑っている。

僕はこくりと唾を飲み込むと、勇気を出して訊ねた。

「これはなんの集まりなのかな……？」

弟はグッと親指を突き立てて言った。

「幽世独身男の会だ！　恋人ができない野郎どもで集まって、どうすれば相手の心を射止められるかを話し合うんだぜ！　後学のためにって思ってさ！　入れてもらったんだ！」

――あ～～～～。

こりゃ駄目だ。思わず天を仰ぐ。

銀目は夏織に失恋していた。現世で番《つが》うのを諦め、来世に願いを託すのだと語っていたけど……まさか、これほどまで追い詰められていただなんて！

弟は昔から本当に夏織が好きだった。だけど、彼女が選んだのは水明だ。銀目が落ち込んでいたのを、僕は知っている。だが、弟は立ち直った。いつか絶対に恋を叶えたいから、自分磨きを頑張ると宣言していたはずだ。

――くそ。どうしてこんなことにっ……！

だからこそ、この状況はまずい。放置すれば銀目が特殊な性癖に目覚めかねない。たとえ目覚めなかったとしても、偏った知識で――たとえばそう、変態的アプローチで銀目が好きな人にアピールしたとしたら……？

『えっ？　なにこれ。銀目ってサイテー！』

『う、うわあああああああっ!!』

もちろん、恋が成就するはずもない。心をズタズタに切り裂かれ、銀目が二度と立ち上がれなくなる未来しか見えなかった。

――そんなの絶対に駄目だ！

お腹の底からメラメラと怒りが湧き起こってきた。銀目はいつだって朗らかに笑っているべきだ。弟の笑顔が損なわれる事態だけは避けなければならない――。

――うちの銀目になんてことを。絶対に許さない……！　排除してやる。

と、そこまで考えて思いとどまった。いまだ夏織は健在で、彼女の生まれ変わりと銀目が会う機会は遠い未来の話である。まだまだ時間はある。変態の森に足を踏み入れかけている銀目を、今なら取り戻せるはずだ！

穏便に行こう。万が一にでも銀目に嫌われたら敵わない。

——まずは、コイツらから銀目を離さなくっちゃ。

悪い友人は遠ざけるべき。大切な弟が染まってしまう前に……！

「弟を誑《たぶら》かす奴らには速やかな死を」

ごくごくまっとうな使命感に駆られた僕は、銀目の腕を引っ張った。

「銀目、帰ろう。ここの空気を吸っちゃいけない。肺が穢れる。汗臭いのがうつる」

「え？　な、なんでだよ～。俺はみんなと——」

「駄目。こんな奴らとつるんだって、なんの意味もないよ。いつか生まれ変わった夏織と付き合いたいんだろ？　番《つがい》になるんだろ？　だったら道を間違えちゃいけない」

ビシリと髪鬼を指差す。

「ほら、見てごらん。間違ったアプローチをした結果がアレだよ？　銀目も、好きな相手に芯から嫌われたいの？　馬乗りで殴られるってたいがいヤバイと思わない？」

「なにを言ってる！　アレはある意味ご褒美だった！」

「黙っててくれませんかねえ。クソ変態の声を弟に聞かせたくないんで」

殺気を込めた眼差しで髪鬼を睨みつける。

僕は銀目に向かい合うと、慎重に言葉を選びながら言った。

「相手に気持ちを伝えるために、特別な方法を選ぶ必要ないんだ。本当に互いに惹かれ合っているのなら、正攻法でも充分なはずだよ」

「……そ、そうかなあ？」

「そうさ！　考えてもみてごらんよ。付き合ってもいない相手から、直接肌に身につける品を贈られたら銀目はどう思う？」

「う……。よくわかんねえけど、ありがとな！　って思う」

「…………。なるほどね～」

正直、うちの弟のピュアっぷりを舐めていた。

「うん。銀目はそのまま育ってね～。まっすぐに。拗れないで」

ポンポンと肩を叩けば、「お、おう！」と銀目は混乱しているようだった。

――うう。双子なのに、僕は銀目ほど綺麗な心じゃいられない……。

思わぬダメージを負って遠くを見る。

すると、黙って話を聞いていたキムナイヌが口を開いた。

「俺も下着を贈るのはいかがなものだろうと思っていた」

「突然の裏切り……!?」

髪鬼が驚愕の表情を浮かべてキムナイヌを凝視している。へへ、と鼻の下をこすった毛むくじゃらの大男は、居住まいを正して僕らに向き合った。

「相手に想いを伝えるには、やはり伝統的な方法が一番だと思う」

「伝統的？」

おやおや、意外な男からまっとうな意見が出た。

確かに伝統的な方法は一番堅実だろう。たとえば文通とか。夏織と水明も文を交わし合って情を通わせたらしい。聞いてみる価値はあるかもしれない。

「どういう方法があるの？　聞かせてほしいな」

僕が興味を示すと、キムナイヌは誇らしげに胸を張った。

「俺らアイヌには、嫁にしたいと思った相手への作法がある。飯を半分食べ、相手に差し出す……。残った飯に口をつけてくれたらプロポーズ成功だ」

銀目が目を輝かせた。

「聞いたことあるぞ！　これから生活を共にするって感じでいいよな～」

ニコニコ笑っている銀目に、キムナイヌは照れた様子だった。

「だろ？　だから俺も考えたんだ。どうすれば、相手に俺の飯を食ってもらえるのか」

――ん？　なんだか風向きがおかしくなってきた。

顔が引きつった。伝統的な方法で臨むつもりならば工夫はいらないはずだ。

嫌な予感を覚えていると、キムナイヌは風呂敷包みの中からあるものを取り出した。食物を保存するためのコンテナだ。

「俺が考えた方法――それは〝映え〟だ」

「〝映え〟？」

ぱかりと蓋を開けた。中には大根おろしが入っている。

「知らないのか。昨今は〝えすえぬえす〟とやらに、綺麗だったり可愛かったりする写真を投稿するのが流行っているらしい。それを〝映える〟と言う」

説明しながらキムナイヌは忙しなく手を動かしている。

まだ食べ残しが入っているお椀に、スプーンで大根おろしを乗せていった。ガタイがいいわりに実に繊細な動きだ。巨大な体を縮こませ、驚くべき集中力を発揮して、お椀の中に大根おろしでなにかを作っていく。

「おお……！　すっげえ！」

それから数分後。銀目が歓声を上げた。

お椀の中に、大根おろしでできた可愛らしい白熊が出現している。縁に手をかけ、温泉に浸かるように下半身は汁の中に隠れていた。ご丁寧に黒ゴマで目と鼻が作られている。

お椀の中に現れた可愛い〝白熊さん〟に思わず目を見張った。

「これが〝映え〟だぜ、お前ら……！」

キムナイヌは得意げに鼻の下をこすっている。

確かに可愛らしかった。女性が好みそうだ。

「それで!?　これをどうすんだ？」

銀目がキラキラ目を輝かせながら訊ねた。キムナイヌが続けて風呂敷包みから取り出したのはスマートフォンだ。

「一緒に写真を撮る。女は可愛いものを見ると興奮するだろう？　どういう風に撮れば一番よく映るか……試行錯誤を重ねながら撮影すれば、さぞかし盛り上がるだろう」

「おお！　楽しそうだな！　前よりも仲良くなれそうだぜ！」

「ま、まあ……そうかもしれないけどさ。ねえ、それでどうするわけ？」

無邪気に感心している銀目をよそに、不安な気持ちを押し隠せないまま訊ねる。

目的は、プロポーズの成就のはずだ。写真を撮って終わりなんてことはないだろう。

キムナイヌはニッと黄ばんだ歯を見せて無邪気に笑った。

「写真を撮って興奮した女は、俺が先に口をつけた事実なんてすっかり忘れている。そこでこう言う。大根おろしを入れた桜鍋は大雪山みたいだ。どんな味がするんだろう――」

ギラリとキムナイヌの瞳が光った。拳を握りしめ、天に掲げる。

「興味をそそられた女は椀に口をつけるだろう。……これで婚約成立だ!!」

「――だまし討ちじゃないか!!」

思わず大声で突っ込む。キムナイヌは不満げに口を尖らせた。

「だ、だましたっていいだろう！　女が俺の飯の残りを食った。それが大事だ」

恥も外聞もなく言い放つ。

うわ～～～！　やっぱり髪鬼の仲間だった。コイツもろくな男じゃない。

「既成事実を盾に迫るってわけ!?　クソじゃん！　性根が腐ってる！　そんな卑怯な手を使ってまで結婚したいの!?」

「うるせえ!! 結婚してえに決まってるだろ!!!!」

あまりの大声に身をすくめる。ボタボタと大粒の涙をこぼしたキムナイヌは、床を拳で殴りつけ、心底情けない顔になって言った。

「お、俺はァ!! カパッチリカムイの奴を見返してえんだよおおお……」

確か、カパッチリカムイはキムナイヌと犬猿の仲にある神だ。

——まさか。

「カパッチリカムイが先に結婚でもしたの?」

呆れながら訊ねれば、キムナイヌは膝を抱えてうずくまってしまった。

「アイツが結婚したのは去年の春だ。それからというもの、アイツは嫁のことばかり。嫁が可愛い。嫁の飯が美味い。嫁の乳がでかい。嫁、嫁、嫁、嫁——」

ぶわっとキムナイヌの目から更なる涙が溢れ出した。

「俺とアイツは長い付き合いだ。仲がいいとは言えないが……アイツが嫌味を言いに来るのを密かに楽しみにしてたんだよお! 俺に構ってくれる奴なんて他にいないからな! なのに嫁ができた途端……! うおおお!! 俺と嫁、どっちが大事なんだーーーー!!」

「いや、どう考えても嫁でしょ」

「だから俺も嫁を作るんだーい! 作ってアイツに自慢してやるんだーい!!」

キムナイヌが顔を手で覆う。ごろんと横たわり、まるで駄々っ子のように叫んだ。

「俺も可愛いお嫁さんがほしい! だから手段は問わない。卑怯と罵られようが、絶対に嫁を作るんだ……！　そう、若くておっぱいの大きいお嫁さんを!!」

「最後の条件付けがまさに結婚できない男……！」

コイツは駄目だ。終わってる。

自分勝手すぎる発言に呆れ果てた。ため息をこぼして計画の穴を突く。

「君ってさあ、確か大雪山の奥地に棲んでるんだよね？　どうやってSNSに投稿するつもりなのさ。電波は届くの？　それ以前に、身分証明書もない君は携帯会社と契約できないよね？　そのスマホどうしたの？　まさか買ったわけじゃないよね？」

「ウッ！　これは、登山者が落とした奴で……」

「じゃ、とっくに電源落ちてるよね？　電気が通じてないカムイコタンじゃ、充電すらできないじゃないか」

「で、電気が必要なのか……？　儀式的なアレで復活するのかと思っていた」

「………。ねえ、SNS云々の情報はどこから仕入れたの」

キムナイヌがそろそろと視線を上げた。その先にあったのは――『メンズポックル』だ。

「これがすべての元凶かー!!」

怒りに任せて囲炉裏の中に雑誌を放り込む。

炎を上げて燃え始めた雑誌を見て、男たちが悲鳴を上げた。

「「アアアッ!!　『賢者の書』がァーーーー!!」」

「なにが『賢者の書』だァ！　正気に戻れ！！！！」

　ガツンと一喝してやると、三人はがくりとうなだれてしまった。銀目は、「橋の下で見つけたのに……」とエロ本を拾った小学生みたいな発言をしている。

　——まったく、呆れた。

「雑誌から仕入れた上辺だけの情報で、誰かの心を射止められると思ったら間違いだよ」

　はっきりと断言してやれば、三人はしゅんと肩を落とした。

　——こうまでしてほしいものかなあ？　お嫁さん。

　髪鬼が文車妖妃に恋慕していたのは知っていたし、キムナイヌが嫁ほしさに貸本の延滞事件を起こしていたのも聞いていた。だけど、こんな突拍子もないことをするほど追い詰められているなんて……。正直、僕にはちっとも理解できない。自分を誰かの唯一にしたい気持ちは想像できるけど、それを赤の他人に求めるのはいささかリスキーだ。

　ちらりと銀目に視線を送る。僕の片割れ。生まれながらの——僕の唯一。

　銀目が僕を唯一だと思っていない件に関しては、自分の中ですでに折り合いをつけている。だからといって、弟以外の誰かを見つけるつもりはないんだけど——。

「…………」

　なんか銀目の顔色が悪いな？　脂汗まで滲んでるし。

　もしや、と思い声をかける。

「ねえ銀目。まさか……コイツらにそそのかされて、変な計画練ってたりしないよね？」

「ウッ！」

「したんだ」

「し、してた……」

盛大に目を泳がせている銀目を呆れ顔で見つめる。

「馬鹿なの？」

「ウッ！　馬鹿……なのかなあ？　あ、あのさ、金目。よかったらお前の意見を聞かせてくれねえかな。一応……その、一生懸命考えたんだ。告白する時のシチュエーションっつうか、そういうの。駄目かどうか、自分じゃ判断つかねえ」

銀目がもどかしげに視線をさまよわせている。髪鬼とキムナイヌの行動や考えが、いかに的外れか理解したのだろう。自信なさげに僕を見つめていた。

「仕方ないなあ」

弟に頼られてちょっぴり嬉しい。

「で、どういうの？　下着とかだまし討ちとかは勘弁してよ」

ニコニコして訊ねれば、「そういうんじゃねえよ」と銀目は不満げに口を尖らせた。いそいそと立ち上がって「ちょっと待ってろ」と部屋を出ていく。

――どんな計画かなあ。まともだったらいいんだけど。いや、コイツらが考えた計画だからね。期待するだけ無駄か……。

瞬間、あることに気がついて青ざめた。銀目のいなくなった部屋には、グツグツと鍋が煮える音と、ズタボロになった腰巻きを抱きしめ虚空を見つめる髪鬼の独り言、そしてキムナイヌのすすり泣く声だけが響いている。はっきりいって地獄だ。

——銀目、早く戻ってきて……！

ぶわっと汗が滲む。同じ空間にいる奴らの闇が心に侵食してきそうで怖い。カタカタと震えていれば、待っていると襖が開いた。ひょっこり顔を覗かせたのはもちろん銀目だ。

「ま、待たせたな……」

頬を赤らめた銀目が室内に入ってくる。正直、僕は白目を剥きそうだった。

「どうだこれ。これで告白したら相手もイチコロだろ！」

銀目がまとっていたのは純白のタキシードだ。

「これが俺の勝負服だ！　女の子って正装した男にドキッとしたりするんだろ？　タキシードを着ていけば、あわよくば結婚の約束まで——」

「…………。はい駄目ー！」

「えっ」

勢いよく腕でバツ印を作る。銀目が涙目になった。

ズキズキ痛み出した頭を抱えて、弟のためにとダメ出しをする。

「そもそもこれって告白のシチュエーションだよね？　プロポーズじゃない。なのに、タキシード？　愛が重い。暑苦しすぎるよ。むしろ痛い」

「う……！」

「もろもろすっ飛ばして結婚とか、どういうことなの？　相手がどう思うか想像できない？　思いやりの心を忘れたの？　うちの弟はサイコパスなの？」

「ううう……！」

「こんな恰好で現れたらドン引きされておしまいだろうね！　間違いなく！」

「グワーーーーーーーーー!!」

断末魔の悲鳴を上げて銀目がうずくまる。バリッと嫌な音が聞こえた。これ、タキシードのお尻が破れてるんじゃないだろうか……。

「だから帰ろうって言ったでしょ」

悲しみに暮れている銀目の肩に手を置く。

「コイツらと考えたアイディアなんて、役に立つわけがないじゃないか。だって……交際経験ゼロなんだから！」

笑顔で断言すれば、真っ赤に目を血走らせた髪鬼が反論した。

「俺は一途なだけだ！　ほしいのは文車妖妃ただひとり。俺が交際未経験なのは自明の理。女なら見境なく口説く奴と一緒にしないでもらおうか……！」

「オイ。ちょっと待て。それは俺のことか!?」

髪鬼の言葉が意外なところにクリーンヒットした。青筋を立てたキムナイヌが髪鬼の胸ぐらを掴む。

「俺は愛の探求者なんだ！　下手な鉄砲、数打ちゃ当たるなんて思ってねえ……！」

――いや、それが本音でしょ。実際……。

キムナイヌは全身の毛を逆立てて髪鬼を睨んでいる。まさに一触即発の雰囲気だ。

——やれやれ、こうなったら幽世独身男の会とやらもおしまいだ。僕が手を下すまでもなかったか。

ひとりほくそ笑んでいれば、銀目がとんでもないことを言い出した。

「そっか。経験がないと難しいか〜……。誰かいねえかな、経験豊富な奴。あっ！　そういえば金目、お前こないだ長屋に棲んでるあやかしの子に告白されたんだってな！」

「ど、どうしてそれを？」

——やばい。

たらりと冷や汗が背中を伝った。髪鬼とキムナイヌの様子をうかがえば、ふたりは目を皿のようにして僕を凝視している。

「その子の友だちと知り合いでさ。断ったんだろ〜？　結構可愛い子だって聞いたぜ？　すげえな〜！　告白されるくらい金目が魅力的だってことだろ？　なあなあ。よかったら秘訣を教えてくれよ〜！　俺たちにさ！」

ああ！　弟のピュアさが憎い。この状況でその話題はいただけない！

「…………。ひ、秘訣？　ソ、ソンナモノアリマセンヨ……」

とてつもなく嫌な予感がして、そろそろと後退る。しかし、両脇からガタイのいい男ふたりにがっつり挟まれてしまった。いわずもがな、髪鬼とキムナイヌである。

「ほうほう。なるほど？　金目君が女の子の幼気《いたいけ》な恋心を散らしたということですか」

「実に興味深いな。俺らも話に混ぜてくれませんかね」

丁寧な口調が非常にいやらしい。タラタラと汗を流して引きつった笑みを浮かべれば、逃がさないとばかりに両腕を掴まれてしまった。

「『モテない俺らにご指導ご鞭撻のほどお願いいたしますよォ。先輩……？』」

——あああああああっ！　やっぱり地獄だった!!

帰りたい。今すぐにでも帰りたい……！

ムワッと汗の臭いがふたりから漂ってくる。あまりの激臭に吐き気がこみ上げてきた。まさに拷問だ。こうなったら、なんとか場を濁して逃げ出すしかない。

「そ、そうだね。僕自身は、自分に魅力があるかわからないけど……」

「謙遜ですかァ？」

「クッソムカつくんで腹を殴ってもいいですか」

「暴力はやめてくんない!?」

声を荒らげて抗議する。不満げな顔をしているふたりに僕は続けた。

「君たちの話を聞いている限り、三人とも自分を変えようとしてないじゃないか。プレゼントで気を引こうとしたり、姑息な手を使って既成事実を作ろうとしたり、見た目で勝負しようとしたり……誰かを好きになるってそうじゃないと思う」

そんなもので恋に落ちるなら、恋人ができずに悶々とする必要なんてないはずだ。

一目惚れなんてよく聞く話だが、見かけや物だけで〝好き〟な気持ちが継続できるほど人生は甘くない。相手の外面と内面が自分に必要だと思えるからこそ、そばにいたい、一緒に居続けたいと願うのではないだろうか。……たぶん。

「磨くべきは手段じゃなくて、自分自身だよ。君たち、自分を省みてごらんよ。不気味な笑みを浮かべながら、ズタズタの腰巻きを抱きしめる姿はどう考えても気色悪いし」

「ウッ!!」

「熊みたいに大きくて毛むくじゃらの男が、下心丸出しで食べかけのお椀を押しつけてくるのは、明らかに通報案件だし」

「ウッ！　ウウッ!!」

「付き合ってもいない相手がタキシードで目の前に現れるのは、逃げ出したくなる程度には衝撃的だと思うよ」

「ウウウウッ……！」

髪鬼とキムナイヌが泣きながらくずおれた。自由になった腕の感触に爽快感を覚えながら、そろそろと出口に向かって後退る。このままいけば逃げられそうだ。

「ヒッ！」

しかし、そうは問屋が卸さない。僕のスラックスの裾を引っ張って、髪鬼は、まるで縋るような目で見上げてきた。

「じゃあ、どうすればいい？　今までの努力がすべて無駄だったと言うならば、これから俺たちはどこを目指せばいいんだ……！」

――いや、知らないし。

正直、心の底からどうでもいい。

思わず本音が口から出そうになった。しかし、すんでのところで思いとどまる。銀目がやけに悲しそうな顔をしていたからだ。

「金目ぇ……。教えてくれよ」

しょんぼり肩を落とす様は、まさに雨の日に捨てられた仔猫――。

僕は歯を食いしばると、ワシャワシャと粗雑な手付きで頭を掻いた。

――仕方ないなあ。

「どこを目指せばいいかなんて、僕にだってわからないよ。答えがあるものじゃないと思うしね。まずは自分を客観的に眺めてみて――なにが必要かを考えるんだ」

逆にどうして僕は女の子から告白されたんだろう。好意を寄せられた理由があるはずだ。告白してきた女の子もこう言っていた。

『ここ最近の金目さん、すっごく雰囲気が変わったと思うんです！　だから気になって』

僕の変化といえば、幽世拾遺集の執筆のために世界のあちこちを回るようになったことと、ひとりで閉じ籠もっていればいいという考えを捨てたことだ。

外の世界に出て知識が深まっていくうちに、自然と視野を広く持てるようになった。そうしていると、今までなにも考えずに身につけていた服が合わないような気がしたから、服装を一新してみたんだよね。着心地がいい服に洒落た革靴。新しい風を吹き込んでくれたそれらは、心も軽くしてくれるようで――。もっともっと世界を見てみたいと感じた。

今の僕は、明らかに以前の僕よりステップアップしている。つまり、誰かに好意を持ってもらうには、自分をより良く変えていくべき。それは結果として自分磨きに繋がる。

――うん。たぶん……的外れじゃない。

「あの……あくまで僕個人の考えだけどね」

三人に僕の考えを披露する。彼らも思うことがあったのか、感心しきりの様子で頷いていた。どうやら納得してくれたらしい。

「そうか……そうだったのか。己を磨く……なるほど深い」

「わかってくれて嬉しいよ」

これで、無謀で無策で卑怯な計画に傾倒しなくなるはずだ。安堵の息を漏らす。

だが、この場にいる男たちは僕が考えている以上に――アレな奴らだった。

「なるほど！　つまりは筋肉か！」

――んんんん？

唐突に耳に飛び込んで来た言葉に硬直する。

ぎこちなく視線を向ければ、興奮気味に頬を染めたキムナイヌが語り出した。

「男磨きと言えば筋トレだろう。筋肉はすべての女を魅了するし、筋肉があればたいがいの問題は解決する……！　やはり筋肉！　俺らに必要なのは筋肉だ!!」

――この男、なにを言い出すわけ……!?

さあ、と血の気が引いた。もともと大柄なキムナイヌは、今でも充分筋肉質だ。なのに、これ以上暑苦しさを増してどうする。破滅願望でもあるのだろうか。

まさか他のふたりは本気にしないよね、と縋るような目を向ければ、非常に残念なことにみんな限りなく同類だった。

「おお！　確かに！　俺も腹筋が八つに割れた時、近所のおばさんに素敵ね～！　って褒められたぞ！　そっか、そっか。筋肉かあ！」

まるで水を得た魚のようにはしゃぐ銀目。おばさんの言葉を本気にしてどうする。僕の弟は実にピュアすぎるなあ！　今度、沼に突き落としていい感じに汚してやろうか！

「ククク……！　なるほどな。鍛え上げられた俺の筋肉で文車妖妃を誘惑するというわけか。これはたぎるな……！　俺の大腿二頭筋に惚れろ……！」

なんで太ももの筋肉だよ。もっとアピールするべき箇所があるだろうが。それともあれか、下半身を見てもらいたいってか。いい加減にしろ。地獄の釜でゆでられてこい！

――もう駄目だ。ツッコミが追いつかない……！

ああ、眩暈がする。ゆだるような暑さの室内に長時間居たせいで、熱中症になりかけているのかもしれない。フラフラと壁に寄りかかる。男たちは「どうやって筋肉を鍛えるか」の話で大盛り上がりだ。

「やはりマシンを使って加重トレーニングをするべきだろうな。自重トレーニングでは、筋肉を虐めきれない。プロテインやBCAA《分岐鎖アミノ酸》を効果的に併用しつつ、超回復を最大限活用するスケジュールで計画的に仕上げていくべきだ」

おい、キムナイヌ。

普段は山奥に引き籠もってる癖に、やたらと筋肉方面に詳しいのはどうしてだ……？

外来語もペラペラじゃないか。そのポテンシャルを他に発揮しろ！

「おう！　なんかよくわかんねえけど俺もやる！　筋トレは得意な方だぜ！」

うちの弟は頼むから少しくらいは頭を使ってくれ……。

朦朧とした意識の中で、もう駄目だコイツらと途方に暮れる。

そんな僕にとどめを刺したのは、髪鬼の発言だった。

「なるほどなるほど。ではこれからの活動の方針が決まったな。己の体を鍛え上げる――ふむ、そのためにはきちんとした場所が必要だろう。部屋をどこかに借りようか。いや、購入してもいいかもしれないな。それに、トレーニングには孤独がつきものだ。心を癒やす猫ちゃんでも飼ってみたらどうだろう」

「……おお！　それはいいな。部屋からの眺めとか立地とかにもこだわって、家具もいいものを揃えよう。なあに、今まで独り身だったんだ。資金に不足はない」

「うん？　おう！　よくわかんねえけど、いいと思うぜ！」

ワイワイ話す男たちの声を聴きながら、僕は思わず遠くを見た。

「単身でマンション購入、猫ちゃん飼い……これって、一生恋人ができずに独身貴族になるフラグじゃ……」

危ない。非常に危ないぞ……！
だけど、弱りきった僕の声が大盛り上がりしている彼らに届くわけもなく。
——銀目だけは絶対に連れ戻そう……。
そう決意して、僕は意識を手放したのだった。
はたして男たちに恋人はできたのか？
それは、みなさんの想像にお任せしようと思う。

第四話　親子談義

俺――白井《しらい》水明は、縁側に座ってぼうっと庭を眺めていた。庭木と物置、それと井戸があるだけのこぢんまりとした中庭。常夜の世界の中で紅葉の色が浮かび上がって見える。

秋風が頬を戯れに撫でていく。すでにとっぷりと夜は更けていた。普段ならとっくに布団の中にいる時間だ。だけど眠れそうにない。いや、眠るわけにはいかなかった。

隣家に目を遣れば、煌々と明かりが灯っている。賑やかな声が漏れ聞こえてきて、今もなお活発に活動しているのだとわかった。

「はあ……」

ため息をこぼす。ふわりと光る蝶が視界を過《よぎ》っていく。まぶしすぎる蝶から目を逸らし、物憂げに瞼を伏せた。

「落ち着かない？」

背後から声をかけられた。相手が誰かはわかっている。だから振り返りもしなかった。

視線を地面に落として冷たくなった指先をこする。衣擦れの音がした。ぎしり、と古めかしい縁側が小さく悲鳴を上げる。

「……懐かしいな。私もそうだった」

隣に男が腰かけている。ベストに糊《のり》の利いた白いシャツ。皺ひとつない黒パンツ。艶めいた革靴が幻光蝶の明かりを鈍く照り返していた。そろそろと視線を上げれば、柔らかな色の瞳と視線がかち合う。砂糖を焦がした伽羅色。俺の持つ色よりも濃いんだと教えてくれたのは、確か夏織だったはずだ。

「お前が？　嘘を言うな」

つっけんどんに答える。プイ、とそっぽを向けば、隣に座った人物——清玄《せいげん》が苦笑したのが気配でわかった。

「本当さ。……まあ、あの頃の私は今ほどまっすぐじゃなかったからね。愛しい人さえ無事であれば、他はどうでもよかった。だから——理解できていないのかもしれないな。わが子が生まれるか否かの瀬戸際の感情なんて」

初春に夏織の妊娠が判明してから、季節は巡り秋になった。

あっという間のような、長かったような。特別だけど日常の延長——。そんな不思議な日々を俺と夏織は過ごした。特に苦労したのはつわりだ。普通ならば安定期には終わるはずのつわりが延々と続き、出産予定日まで来てしまった。妻を支え続けた十月十日。それも今日で終わると思うと感慨深い。

隣家の薬屋では、今まさに夏織が陣痛に苦しんでいるはずだった。貸本屋では手狭だと、向こうで出産することにしたのだ。夏織には、ナナシやベテランの主婦たちが付き添ってやっている。俺も立ち会おうかと申し出たのだが、邪魔になるだけだからと拒否された。夏織いわく――出産は女の戦いだから、らしい。生まれた子を抱っこするのを楽しみにしていてと、追い出されてしまったのだ。

だからこうして庭を眺めている。妻が命懸けで戦っていると思うと眠れるはずもない。さわさわと夜風に吹かれた木々が騒いでいる。まるで俺の心を代弁しているようだ。

「そんなことを言いに来たのか――いや、いい」

普段とは違う心理状態だからか、父の言葉が癇《かん》に障る。あからさまに冷たい声が出てしまって、途中で口をつぐんだ。それほど仲のいい親子ではないが、自分から火種を作る必要はないだろう。だのに、俺の気遣いなんて清玄はお構いなしだ。

「おや。駄目だったかね？　息子が心細く思っているんじゃないかと心配だったんだが」

「……………。適当なことを嘯《うそぶ》くな。本心じゃない癖に」

「アッハッハ。嘘は言ってないんだがな。いやはや、失った信用を取り戻すためには、まだまだ時間が必要なようだ」

朗らかに笑っている父を胡散臭く思う。

「お前が俺の信頼を得ていた時期が、一瞬でもあったか……？」

清玄はぱちくりと目を瞬くと、女性好きしそうな顔をくしゃくしゃにして、

「ないね！」

と、再び笑い始めた。

「なんで嬉しそうなんだ。はあ……」

　こぼしたため息が夜風に溶けていく。冷たい風が吹くと、伸びた前髪が視界に入った。絹糸のような髪。思えば、俺の髪が白く変わったのは隣の男のせいだ。

　清玄は俺の母――みどりを心から愛していたらしい。

　祓い屋としての能力が低く、誰からも必要とされなかった男は、婿養子に入った家でようやく愛情を与えてくれる相手を見つけた。それが母だ。

　しかし、母は生来体が弱く、出産に耐えられるかどうか危うかった。

　当然、清玄は妊娠を望まなかった。コイツにとって、俺の母は何者にも代えがたい存在だったからだ。だが、俺の母は子を望んだ。本人から直接話を聞いたわけではないが、愛情深かった母は、清玄との子を欲したに違いない。案の定というかなんというか。出産後、母は体調を崩した。そして――俺が三歳になったある日、命を落としてしまったのだ。

　清玄は俺を恨んだ。跡継ぎへの教育を名目に、幼かった俺にひどい仕打ちをした。あの頃の記憶は思い出したくもない。祓い屋を廃業すると決めた時、父親と絶対に関わらないで生きていくと決めた。なのに――人生の一大事に隣にいる。

「……まったく。人生とは本当に予想もつかないな」

　思わずこぼした言葉に、清玄が小さく頷いた。

「まったくだ。こんな摩訶不思議な世界で孫を見られるなんて」

　俺の意図とはややズレていたが、清玄も現状を意外に思っているらしい。指先に乗った光る蝶をしげしげと観察して、楽しげに笑みを浮かべている。

「…………。チッ」

その様子がなんだか癪《しゃく》に障った。

「なにを浮かれてるんだ。馬鹿か」

暴言が口をつく。

「おや。怒られてしまったね」

クスクス笑っている清玄をジロリと睨みつけた。

「俺が生まれない方がよかったんだろう？」

「…………。そうだね」

「なら、孫なんて関係ないじゃないか」

俺の言葉に、清玄が困り顔になった。

――言い過ぎたかな。

後悔するも、すぐに思い直す。新たな命が生まれようとしている。そんな時に、この男とふたりきりになったのだ。けじめをつけなければならない気がした。

「水明……」

憂いを滲ませた男の腹を探るように言葉を続ける。

「『お前が生まれさえしなければ。お前が……みどりを私から奪ったんだ』」

清玄が目を見開いた。居心地悪そうに眉尻を下げる。

「間違いなく私の言葉だ。よく覚えてるなあ」

「忘れるわけがないだろう。衝撃的だったからな。あの頃の俺はまだ子どもで……誰かが価値を認めてくれないと、生きてはいけないと思っていたから」

実の父親から向けられた生々しい憎悪に、息をするのも辛かった覚えがある。

そんな俺を救ってくれたのは夏織だった。彼女は俺のすべてを包み込んでくれた。彼女がいなかったら、俺はどうなっていたかわからない。

「……悪かったと思っている」

清玄の言葉に気持ちが波立った。

「なにがだ。なにに対して謝ってるんだ！　今の言葉に対してか？　それとも俺を虐げた件か!?　自分の欲望を叶えるために、俺の大切な人を傷付けようとした件か!?　幽世に大騒動を巻き起こして、大勢のあやかしを殺した件か!?」

声を荒らげて清玄の胸ぐらを掴んだ。どこか自分と似た顔立ちに苛々が募る。

「お前は俺の結婚式で、東雲と『父親になれるように努力する』と約束していたな。正直、今でもわからない。結婚してから数年間、たぶん――俺たちはそれなりの関係を築いてきた。だけど怖いんだ。あの時のようにお前が豹変するんじゃないかと」

一息で言って、パッと手を離した。

「清玄。これから生まれる子にとって、お前は確かに祖父だ。だが――どういう風に扱っていいか、俺はまだ決めかねている」

固まったままの清玄を放って再びそっぽを向く。興奮でドクドクと心臓が脈打っているのがわかった。清玄はなにも反応を返さない。静寂が耳に痛かった。

「……ハハッ」

清玄が小さく笑った。ずいぶんと乾いた声だ。

「どうしてだろう。赦《ゆる》されたと勝手に思っていた」

弱々しい声に胸が痛む。視線だけ向ければ、痛ましい表情をした父の姿がそこにある。

「簡単に赦せるはずもないのに。どうしてそう思ったんだろう。――ああ、そうか」

父の瞳が涙で滲んだ。そこにいるのは、俺を虐げた父親でも幽世を混沌に陥れようとした張本人でもない。ただひとりの――疲れ切った人間の男だ。

「水明や夏織君と過ごす時間がとても心地よくて。君たちが作りだす輪に加えてもらえたと勘違いしてしまったんだなあ……」

苦笑すると、父は俺にまっすぐ向かい合った。

「でも、さっきの謝罪は嘘じゃない。それに――君が生まれてこなければよかったという言葉も否定しないよ」

思わず顔をしかめた。

「どうしてだ？　適当に撤回すればいいじゃないか。『本心じゃなかった』とか綺麗な言葉を並べれば、少なくとも俺の心証は変わるかもしれない。まあ、表面だけ取り繕った言い訳なんていらないが」

「確かにそうだ。うちの息子は私に似て容赦がないね」

　クツクツと喉の奥で笑った清玄は、息を漏らすと肩をすくめる。

「あれはまぎれもなく私の本心だよ。当時の私にとってみどりは唯一の救いだったからね。君が生まれた時も嬉しくなかった。目に見えてみどりの体調が悪くなったのは、子を産んだからだと恨みもした。みどりが早世した事実にいつまでも怒っていたし、自分の怒りは至極まっとうで正しいと信じてやまなかった」

　清玄が遠くを見た。おぼろげに輝く蝶を眺めて目を細める。

「軽い気持ちで発言を覆してしまっては、それまでの自分を否定するも同意だ。愚かだったと後悔はしているが、人生をなかったことにはしたくない」

「あの言葉がお前の人生そのものだと？」

「そうだよ。愛と憎悪と悔恨と――まさに私だ。だから偽りようがない」

　穏やかに微笑む清玄に、たまらず口を引き結んだ。なにも言えないでいると、父は俺に手を伸ばしてきた。

「これは私の認識が甘かったなあ。孫の顔を拝むのはとうぶん先になるかもしれない」

　くしゃりと大きな手が俺の頭を撫ぜる。

「でも――まあ。これだけは言っておこうか」

　清玄の目尻にたくさんの皺が寄った。年輪を思わせる――深い皺。

「発言を覆しはしないが、付け加えるくらいは許してくれよ。たとえば……そうだな。

『君と過ごすのはとても楽しい。今は生まれてきてくれてよかったと思っている』とかね」

清玄が立ち上がった。乱れた襟を正して俺に背を向ける。

「じゃあ、今日は退散するとしよう。努力するよ！　父親として……祖父としてもふさわしいと思ってもらえるように。東雲と約束したからね。こう見えて義理堅い人間なんだ」

父の背中が遠ざかっていく。

俺は硬く拳を握りしめた。モヤモヤしたものが胸の中で渦巻いてもどかしい。

あっけらかんとして、成すべきことを自覚している清玄の言葉に悔しさを覚える。

これじゃ、いつまでも過去にこだわっている俺が駄々をこねているみたいじゃないか！

「ま――」

清玄を引き留めようと口を開いた――その時だ。

「ほにゃあ……」

隣家から、なんとも言えず弱々しい声が聞こえてきた。清玄が足を止めた。ふたりで隣家がある方向を見つめる。

「ほにゃあっ！　ほにゃあっ！　ほにゃあっ……」

猫の子とも鳥の声とも違うそれに、頭が真っ白になった。無言のまま固まっていれば、玄関から慌ただしく駆け込んで来る人物がいた。

「生まれたわよ！　早く来なさい！」

ナナシだ。疲れの滲んだ顔に喜色を浮かべたナナシは、視界の中に清玄を見つけると、ズカズカと近寄っていった。

「アンタもよ」

「ええと――ちょっと待ってくれ。私は……」

助けを求めるかのような視線を清玄が投げてくる。俺もどうすればいいかわからない。

瞬間、ナナシが鬼のような形相になった。

「ゴチャゴチャ言ってんじゃないわよ！　赤ん坊の顔を見たくないわけ!?」

「「行きます！」」

ド迫力のナナシに、俺たちはやたらハキハキと返事をした。


大量の湯を沸かしていたのだろう。薬屋の室内は汗が滲むほど暑かった。

バタバタと忙しなく女たちが動き回っている。誰も彼もが疲れ切った様子だが、どこか晴れやかな表情をしているのが印象的だ。

「さあ、あっちの部屋よ」

ナナシに促されて、行き交う女性たちの合間を縫って進む。

「おめでとう！」

「今日からお父さんね」

ほうぼうからかけられる祝いの言葉がくすぐったい。

夏織は薬屋の中で一番奥まった部屋にいるという。障子戸の前に立つ。いささか緊張しながらゆっくりと開けていった。

「――水明」

蝶入りの行灯がおぼろげに照らす中、夏織は布団の上に座っていた。疲労がありありと顔に出ている。汗が額に張りついていて、少々心配になるほど顔色が悪い。だけど、顔には達成感が充ち満ちていて――。

腕の中には新しい命があった。

「……ッ」

なぜだか無性に泣きたくなる。涙腺が熱を持って、ソワソワと体が落ち着かない。

「ほら、ぼうっと突っ立ってないで顔を見てあげてよ」

夏織が手招きをした。小さな赤ん坊。想像以上に皺くちゃで肌が赤い。おくるみの白さとは対照的だ。赤ん坊は本当に赤いんだとよくわからない感動がこみ上げてくる。

「……小さい」

ぽつりと呟いて夏織を見た。

栗色の大きな瞳と視線がかち合って、咄嗟に言葉が出てこずに口を開閉する。

――ああ。

胸の奥から熱いものがこみ上げてきた。

昨日の夏織と同じはずなのに、どこか違う。

愛する人が変わった。変わってしまった。

目の前にいるのは、もうただの夏織じゃない。わが子の母親だった。

「ありがとう」

自然と感謝の言葉が口をついた。夏織の肩を抱いて額に頬を寄せる。

「すごく可愛いな。……お疲れ様」

俺の言葉に、夏織がくすぐったそうに笑んだ。

「ねえ、抱っこしてみて」

「あ、ああ……」

おくるみごと差し出され、戸惑いながらも受け取る。

「うわ……」

生まれたばかりで首も据わっていない子はけっして重くなかった。柔らかすぎて、別の生き物のように思う。だけど、確かに命の重みを感じる。ミニチュア人形のような小さな手や足が動いている。生きているのだ。守るべきわが子が腕の中にいる。

――これから俺も親になるのか……。

まるで実感が湧かない。出産という凄絶な経験を経た夏織と違い、親になった自分と、今までの自分との〝境目〟が曖昧《あいまい》だった。気を引き締めねばと決意を新たにする。

「どんな子になるんだろうな。楽しみだな」

指先で子どもの手に触れた。きゅっと握り返されて頬が緩む。

「本が好きになるのは確定だね」

ニッと不敵に笑んだ夏織に思わず苦笑をこぼした。

「あんまり押しつけるんじゃないぞ。人には向き不向きがある」

「わかってるよ〜」

夏織がクスクス笑っている。すると、ふいに夏織が視線を上げた。

「ねえ、清玄さんも抱いてあげてください！」

夏織の発言に、少し離れた場所で見守っていた清玄がギョッとしたのがわかった。

「いや、私は――……」

父が困り顔をしている。先ほどのやり取りを引きずっているのだろう。俺だってそうだった。わが子をコイツに抱かせていいものか判断がつかない。

「………。ええとね」

ちら、と俺を見た清玄が小さく息を漏らした。

断るつもりだと顔を見ただけで理解できてしまう。

――なんだよ。

なんだかモヤモヤした。清玄を子の祖父として認めたくない気持ちと、孫を可愛がってほしい気持ちと。相反する感情が胸の中で渦巻いて滅茶苦茶な気分だ。

「………。あれまあ」

夏織が目を丸くしている。

そして――。

「やだ。なにモジモジしてるの？　清玄さん……えっと、お祖父ちゃん！　ほらほら、生まれたてホヤホヤですよ！　今しかこの顔は見られないんですから、もったいない！」

パッと明るい顔になると、元気いっぱいに声をかけた。

「えっ……？」

「見てくださいよ、このお猿さんぽい感じ！　明日になったら、もうちょっと人間に近づくんですって！　面白いですよね〜。レアですよ、レア」

「人間に近づくって、君ねえ……」

「フフフ。ささ、遠慮せずに!!」

ニコニコ、早口で捲《まく》し立《た》てる夏織の明るさに清玄は押されっぱなしだ。

「じゃ、じゃあ……」

ここで断ったら後々揉めるとでも思ったのか、遠慮がちに近づいてくる。

夏織は俺の腕からわが子を抱き取ると、そっと清玄に差し出した。

「あ、えっと……どうすればいいんだい？」

「首が安定するように、腕で支えて……そう、そうです」

「待って。うわ、ふにゃふにゃしてる。これで合ってるのかな。だ、大丈夫……？」

「大丈夫です！　うん、とっても上手」

苦戦しながら抱き上げた清玄は、やや強ばった表情で子を見つめている。

子はすやすやと眠っているようで、小さな手を開いたり閉じたりしていた。じいっと見つめていた清玄が小さく息をもらす。

「……ああ」

そっと視線を上げる。伽羅色の瞳は涙で滲んでいるようだった。

「水明が生まれた時にそっくりだ」

「え……？」

思わず声を上げる。先ほど俺の誕生を望んでなかったという話を聞いたばかりだ。清玄が自分の生まれた当時を覚えているとは思えなかった。

目を丸くしている俺に、清玄は目尻に皺を寄せる。孫を見つめながら続けた。

「意外かな？　一応、こんな私でも父親には違いないからね。みどりが見せたがったんだ。あの時は顔を見ただけで、抱いたりはしなかったけど――」

ほろり、透明な粒が清玄の瞳からこぼれる。

「抱っこしてあげたらよかったよ。赤ん坊がこんなに柔らかくて温かいなんて知らなかった。きっと、この温もりを知っていたら――」

あんなことをしなかったのに。おそらくそう続いたであろう言葉を、清玄は呑み込んだ。苦しげにわが子を見つめる父を、俺はどう受け止めていいものかわからない。

再び、俺たちの間に沈黙が落ちた。

過去の出来事と今。

どう折り合いをつければいいかわからずに、互いに赤ん坊だけを見つめている。

「そうなんですね！　なら、この子はいっぱい抱いてもらわなくっちゃ」

静寂を破ったのはもちろん夏織だ。

満面の笑みを浮かべて、清玄をまっすぐに見つめている。その表情、眼差しには一点の曇りもない。祖父として清玄を認めている風に感じた。

「愛情を注いでくれる人は、ひとりでも多いに越したことはないんです。私、祖父はいなかったので……この子がうらやましい」

俺を見ると、まるですべてわかっているという風に大きく頷いた。

「ね？　水明も……それでいいよね？」

夏織が俺の袖を引く。

「誰かがそばにいるって、すごく貴重で尊いんだよ。……奇蹟って言ってもいいくらい。そばにいたい、共に在りたいって思っても叶わないことだって多いんだから」

矢継ぎ早にしゃべる様子はどこか必死だった。顔に焦りが滲んでいる。手が届くものすべてを取りこぼしたくない。そう願っているかのようだった。

――そうだった。夏織がそばにいたかった人たちは、次々と去ってしまったんだ。

産み育ててくれた父と母、育ての親の東雲。夏織が心から愛した人たち。与えられた愛情を返す暇もないうちに、彼らは夏織から遠く離れた場所へ去って行った。

わが子にはそんな思いをさせたくない。そう願っているに違いない。

目を瞬く。困惑気味の清玄とわが子を交互に見て――肩の力を抜いた。

「……ああ。お前がそれでいいなら」

俺の返答に夏織は喜色を浮かべた。

「やった！　さすがは私の水明！」

ぎゅうっと俺に抱きついて、ポンポンと頭を叩く。

「な、なんだよ。やめろよ、清玄がいるんだぞ」

「ウフフフ。だって〜。水明も頑張ったねえ！」

頬を染めた俺を、夏織は上機嫌で見つめている。俺の葛藤なんて全部お見通しと言わんばかりの態度に、ため息をこぼす。

──母は強しって奴なんだろうか。

苦笑をもらすと、俺は清玄に向かい合った。

……父親が憎かった。俺を虐げた男が心から憎く──そして、恐ろしかった。

自分勝手に幽世を滅茶苦茶にした清玄には、いまだ複雑な感情を持っている。事情があったのだと理解していても、簡単に割り切れるほど人間ができていない。だけど──。

わが子に愛情を注いでくれるのなら。

少しくらいは歩み寄ってやってもいいかもしれない。

「これから、孫ともどもよろしく頼みます。……父さん」

「……ッ！」

清玄が息を呑んだのがわかる。

「あ、ああ……！　よろしくな、水明！」

泣き笑いを浮かべた清玄を見て、胸の奥に不思議な感情が去来した。

ジリジリと胸を焼く感情に耐えきれず、そっと窓の外へ視線を向ければ、紅葉が降り積もっているのが見える。葉が落ちきれば、やがて冬が来るのだろう。俺の感情に関係なく、季節は否が応でも巡ってくる。そう遠くない未来――。

俺にも、父と屈託なく笑い合える日が来るのだろうか？

「ふにゃあ……！」

「わ、わわわわ！　泣き出した。泣き出しちゃったよ、どうすればいい!?」

「あらあら。こっちに貸してくださいね……」

わが子に翻弄されてオロオロと落ち着きをなくした父の声を聴きながら、俺はそう遠くないであろう未来に想いを馳せたのだった。

第五話　初めてのお手伝い

——またか。

僕はうんざりしていた。

秋が深まり、そろそろ冬の気配が濃厚になってきた頃だ。あやかしたちで賑わう幽世の大通りのど真ん中で、妹の春佳《はるか》がとんでもないことを言い出した。

「つわりで大変なママの代わりに、私たちが本の配達をするのはどうかしら！　すっごく喜ぶと思うのよね！　もちろんママには内緒で。びっくりさせてあげるの！」

串に刺さった五平餅を、まるで伝説の剣みたいに天高く掲げて提案する。春佳が伝説の勇者だったら、串の先から天を衝く光の柱が立ち上るところだ。

聖剣五平餅——って、恰好つかないなあ。せめてみたらし団子だったら……。

「ねえ、夜月《よるつき》お兄ちゃんってば！　私の話を聞いているの!?」

「ひえっ」

ぼうっと妄想の世界に入り込んでいれば、春佳に脇を突かれた。くすぐったくて、ぴょんとウサギみたいに飛びすさる。

「うう。脇は弱いからやめてよっていつも言ってるだろ？」

「フン！　男らしくないわね。脇くらいなによー！」

五平餅を振り回して、妹はプンプン怒っている。なにをそんなに興奮する必要があるのだろう。まったくもって春佳の行動原理は理解できない。

妹の春佳は六歳。僕よりふたつ年下だ。茶色の髪をツインテールにして、お母さん似のくりくりした大きな目をしている。お気に入りの服はデニムのオーバーオール。ツインテールじゃなかったら男の子に間違われそうなタイプだ。天真爛漫、わが道を行く性格をしていて、烏天狗の銀目おじさんとすごく仲がいい。考えなしに突き進む様は、お父さんいわく「お母さんそっくり」らしいけど、僕はそう思わない。お母さんが暴走する時は、それなりの理由がある時だけ。けど、妹はそうじゃない。特に理由もなく暴れ出し、周囲（特に僕）を巻き込んで大騒動に発展させるのだ。

そんな妹に僕はいつだって振り回されている。活発女子の権化と言わんばかりの妹と違って、僕はどちらかというと大人しいタイプ。髪が黒い以外、見た目は若い頃のお父さんにそっくりなんだって。運動よりも、静かに読書したり物語の構想を練ったりしている方が好きだ。できれば家に引き籠もっていたいし、疲れることはしたくない。銀目おじさんより、金目おじさんの方が仲がいいしね。なのに、妹という暴走機関車のせいで、落ち着いて読書もできていないのが実情だった。

そんな兄の僕を、妹の春佳は〝男らしくない〟といつも茶化してくる。男らしいってなにさ。銀目おじさんみたいな筋肉を僕に期待してるわけ？　本当にやめてほしいよ。僕はどっちかというと頭脳派なんだから。

それはさておき——今日も嫌な予感がする。なんとかして妹を止めなくちゃ。

「どうして本の配達をしようなんて思い立ったんだよ。今は無理をしないってお母さんも言ってたじゃないか。店は大人の管轄だよ。子どもは手を出さない方がいい」

「うっ……そ、そうなんだけど」

眼鏡の位置を直しながら、淡々と事実を述べる。理詰めに弱い妹が、弱々しい声を出してたじろいだのがわかった。

僕のお母さんは幽世の町で貸本屋を営んでいる。

初代曲亭馬琴《きょくていばきん》、二代目東雲、三代目が僕たちのお母さん。うちの店はいつだって大勢のあやかしたちで賑わっている。昔は閑古鳥が鳴いていた時もあったそうだけど、お母さんが頑張ったおかげで、今はひっきりなしにお客さんが来るくらいに繁盛していた。

だけど、ここ数ヶ月、貸本屋はたびたび閉店していた。店主であるお母さんの具合があまりよくなかったからだ。つわりらしい。お母さんのお腹には、僕たちの弟か……もしくは妹が宿っている。女の人ってすごいよね。子どもができるたびにあんなに吐いてたら、僕だったら二度と妊娠してやるもんかって思っちゃう。

……とまあ、それはいいとして。僕は妹にビシリと指を突きつけた。

「お母さんが心配なのはわかるけどさ。迷惑をかけたら本末転倒でしょ。僕たちがすべきは勉強だよ、勉強。春佳、宿題ちゃんとやったの？」

「ウッ……！　や、やったわよ！　一応！」

「ふ～ん。本当に？」

僕たちはあやかしが営む寺子屋に通っている。成績優秀な僕と違って、妹はあまり座学が得意ではないようだ。どちらかというと走り回っている方が性に合うらしい。脳みそが筋肉でできている可能性を疑うレベルだ。

「……ううう」

すると、妹が小さく呻いたのがわかった。顔がりんごみたいに真っ赤っかだ。

ギョッとして身構える。こういう反応をした後は、たいがい——。

「うるっさいわね！　お兄ちゃんの馬鹿。意気地なし！　ちゃんと成功させればいい話なのに、理屈ばっかり並べてさ！」

「ぐふっ！」

妹の拳が僕のみぞおちにめり込んだ。痛い。痛すぎる。暴力反対！　ちょっと涙が出てきた。うずくまって耐えていると、ボロボロ涙をこぼしながら妹が叫んだ。

「わ、私だって。お母さんのためにって一生懸命考えたのよ！　本を貸し出したいのに、思うようにいかないって言ってたから……だから役に立ちたくて……」

妹の小さな手がオーバーオールをぎゅうっと強く握りしめている。こぼれ落ちる涙は、まるで感情の結晶みたいだ。

「う〜ん……」

拙《つたな》いながらもお母さんへの想いを語る妹に、僕は奇妙な気分になった。

妹はお母さんが大好きで、いつもべったりだ。なにをするにもお母さん、お母さん。寝る時だってお風呂に入る時だってお母さんと一緒。甘ったれで、赤ちゃんみたいだ。

そんな妹が、ここ最近はお母さんに遠慮しているのに僕は気がついていた。つわりで苦しんでいるお母さんの負担にならないように、妹なりに気遣っているのだろう。甘えたいのを必死に我慢している姿に、こっそり感心していたんだよね。

妹は妹で、お母さんを助けたいと考えているのだ。自分ができることと、そうじゃないことの区別がついてないのが妹らしいっちゃあ、らしいんだけど。

成長……っていうのかな。

人間はこういうことを積み重ねて、だんだんひとりで生きていけるようになるんだ。

──もう。仕方ないなあ。

「春佳の言うことも一理あるけどさ。僕だって、お母さんが大変な時に仕事を手伝ってあげたいって思うよ」

「えっ!?　お兄ちゃん、本当?」

泣いていた春佳の顔が輝いた。

「じゃ、じゃあさ。一緒に手伝おうよ!　本の配達をするの!」

妹の提案に小さく肩をすくめる。

「わかった。わかったよ。付き合えばいいんだろ」

「やったー！」

……ああ、僕はとことん妹のわがままに巻き込まれる運命なのだ。だが、僕もお兄ちゃんである。可愛い妹の成長のために一肌脱ぐのはやぶさかじゃない。それに、家業を手伝うくらいは友だちのあやかしもしている。本の配達ぐらい構わないだろう。

だけど、今回の件はどうにもハードルが高い。

「本の配達ってすごくいいアイディアだと思うよ。春佳の言うとおり、お母さんも喜ぶと思う。問題は、お客さんがいるのが現し世だってこと。どうやって行くつもり？」

「うっ……」

春佳の顔が苦しげに歪んだ。

幽世から現し世へ行くには、地獄を通る必要があった。入り口は獄卒が見張っている。幼いあやかしが地獄に迷い込まないように、そして亡者が幽世に逃げ出さないようにするためだ。もちろん、僕らみたいなのがノコノコと出ていったら、つまみ出されて終わり。過去にチャレンジしてみたけど、あの時もあっという間に見つかってしまったっけ……。

「たとえ無事に地獄を通れたとして、現し世の地理に詳しくない僕たちが迷子になるのは必須だよね。どうやってお客さんのところにたどり着くの？　あやかしは、山奥とか秘境に棲んでるらしいじゃないか」

科学が進んだ現し世では、年を経るごとにあやかしの居場所がなくなってきている。人間に追われた者が行き着く先は、たいがいが不便な場所だ。空を飛べるにゃあさんと一緒のお母さんならともかく、地べたを歩くしかない僕らにはどだい無理な話だ。

「……じゃあさ。誰かに案内を頼もうよ。にゃあさんとか」

「あの黒猫がそんな面倒な話を承諾すると思う？」

「ウッ！　思わない。にゃあさん、私たちには優しくないし」

お母さんの親友の〝にゃあさん〟は、基本的にお母さんのそばから離れない。言葉だって辛辣だ。僕も何度泣かされたかわからない。「にゃあさんはツンデレなのよ！」とお母さんは語っていたけど、僕は確信している。にゃあさんはお母さん以外は基本どうでもいいんだ。むしろ、他のすべてを見下していると言ってもいい。猫は家庭の中で順位づけをするらしいけど、あの黒猫の中で僕たちの順位はけっして高くない。

そんなにゃあさんに、今回の件を相談したら――？

『バッッッカじゃないの？　大人しくしてなさいよ。面倒くさい』

……想像しただけで胃が痛くなってきた。

「にゃあさんはないね」

「うん。やめておこう」

妹も似たような結論に至ったらしい。ふたりで頷き合った。

これは困ったぞ。実現できる気がまるでしない。

「そもそも、子どもだけで現し世をチョロチョロしてたら怪しまれるんじゃないかな。家出してきたと思われたら一巻の終わりだ。警察に連れていかれちゃう……。それに、現し世には悪い人がいっぱいいるんだって。子どもだけじゃ誘拐されるかもしれない」

「じゃあ、人間に見えるタイプのあやかしも必要ってこと？」

「だね。保護者は必要だよ。地獄を通過するためにもね。誰に協力を頼もうか……。ナナシママは……駄目か。あの人、すっごく過保護だし」

「うん。引き留められるに決まってる。こないだ、私がお魚屋さんにお遣いに行った時、心配しすぎて涙ぐんでたもん」

「可愛がってくれるのはいいけどね。さすがにアレはね……」

ナナシママはお母さんのお母さん。育ての親という奴らしい。僕らにとっても身近な人だ。普段からとても良くしてもらっている。子どもの僕らがドン引きするくらい過保護なのが玉に瑕。あの人に今回の計画がバレたら絶対に止められるに違いない。

「うーん。銀目おじさんは？」

「先週、武者修行に行くって言ってた。たぶん戻ってないんじゃないかな……」

「金目おじさん……は、こういう計画に付き合ってくれるタイプじゃないしなあ。お父さんは薬屋の仕事で忙しいだろうし……」

――駄目だ。適当な相手が思い浮かばない。

子どもは実に無力だ。計画が無謀に思えてきた。ここは現実的に、親孝行の代名詞「肩たたき券」なんかで、妹の気を紛らわせるべきだろうか。

「あれ～。どうしたのっ！　ふたりとも！」

すると、場違いに能天気な声が聞こえてきた。そろそろと振り返れば、柘榴みたいに真っ赤な瞳と視線がかち合った。

「なにか悩んでる？　オイラが相談に乗ろうか！」

ブンブンと尻尾を振っているのは、お父さんの相棒のクロだ。真っ黒な毛に紅い斑があるのが特徴で、胴がやたら長くて足が短い。ダックスフンドみたいだなといつも思う。

「お久しぶりです。元気でしたか」

クロの隣で華麗に一礼したのは、これまた真っ赤な瞳を持った青年だった。パーカーに濃紺の紬の着流しを合わせ、半幅帯はベルトで固定したりと、和洋折衷な恰好を着こなしている色男。清玄お祖父ちゃんの使い魔である赤斑《あかまだら》だ。

「お、お久しぶりです……」

瞬間、僕は嫌な予感がして妹の様子をうかがった。

「きゃあああああっ！　赤斑さんだっ！　久しぶり～」

「おやおや。春佳さんは今日も元気いっぱいですね？」

浮かれた様子の妹が赤斑に抱きついた。穏やかな笑みを浮かべた青年は、機嫌を損ねるでもなく妹の体を受け止めている。

——目がハートになってら。あ～あ。見てられないよ……。

どうも、妹の春佳は赤斑のことが好きらしい。好意があからさますぎてこっちが恥ずかしくなるくらいだ。赤斑に恋慕している妹を見るたびに苦々しい気持ちになる。

あ、ちなみに言っておくけど、妹を取られそうで悔しいわけじゃないよ。むしろ早く嫁に行ってほしいくらい。だけど、だけどさあ……。

ちろりと横目で赤斑の様子を確認する。抱きついてきた妹を下ろした赤斑は、衣服が汚れるのも厭わずにその場に跪《ひざまず》いた。胸に手を当ててそっとクロに語りかける。

「ところで師匠。今日のお買い物は以上でよろしいですか？」

赤斑の手には買い物袋がひとつ。どうやらクロの買い出しに付き合っていたらしい。

ちなみに〝師匠〟とはクロのことだ。女性が思わず振り向きたくなるような色男が、ワンコにかしずいている……。正直、珍妙な光景だった。

「あ。うん！　赤斑、付き合ってくれてありがと〜」

「では、荷物をご自宅まで運びましょう」

「えっ？　いいよ、いいよ。これくらいオイラでも運べるよ？」

赤斑の雰囲気が一変した。グワッと目を大きく見開き、興奮気味に断言する。

「いいえ!!　師匠に荷物を持たせるなんて言語道断！　弟子の名折れでございます。ぜひ。ぜひ!!　この僕にお任せください!!」

「ヒッ……。わ、わかったよう。そんな大きな声を出さないでよ……」

クロの尻尾がお腹に回った。プルプル震えているクロに赤斑は満足げに頷いている。

——そう。この男……クロを師匠と仰ぎ、耽溺《たんでき》しているのだ。

うっとりと細めた瞳にはクロしか映っていない。主である清玄お祖父ちゃんと対する時は節度を持って接しているのに、クロのこととなると見境がなくなる性質があった。赤斑の視界に妹なんてちっとも映っていない。春佳の失恋は確定的で、お兄ちゃんの僕としては悲しくて仕方がないのだ。

「ああ〜。今日もかっこいいなあ……」

——憐れな……。

頬を染めてぽうっとしている妹に、こっそりため息をこぼしていれば、足もとにクロが来たのがわかった。

「ねえねえ。それよりさ、ふたりしてなにを悩んでたの？」

こてんと首を傾げて僕を見上げてくるクロは、今日もすっごく可愛い。僕はクロが大好きだった。僕は犬党なのである。にゃあさんという理不尽の固まりみたいな奴にさんざん翻弄されたせいで、どうにも猫は好きになれない。

「実はね、クロ……」

クロの耳の裏を掻いてやりながら、僕はこれまでの事情を説明した。

妹がお母さんの手伝いをしたいと言い出したこと。だけど、現し世に行く方法がなくて途方に暮れていたこと。子どもだけじゃ無理なんじゃないかと諦めかけていたこと。

「お手伝い？　わあ……！　とっても素敵だね！」

クロは目をキラキラさせると、尻尾をブンブン振った。

「きっと夏織も喜ぶに違いないよ。ねえねえ、オイラにも手伝わせてよ……！」

「え？　本当に？」

「うん。オイラもつわりで苦しむ夏織のためになにかしたい！」

――あああああ。やっぱり犬っていいなあ!!

蔑んだ目で見てこないし、急に引っ掻いてこないし、無駄に威嚇したりしないもん！　なにより健気！　心意気のまっすぐさ……！

心が浄化されるようだ。

それにクロは元々現し世で生活していたと聞いている。土地勘もあるはず！

満面の笑みで「じゃあ頼むよ！」と頷くと、珍しく妹が横から口を挟んだ。

「待って、お兄ちゃん。クロじゃ駄目だよ。子どもだけじゃ通報されちゃうって話だったじゃない。この三人じゃ、それこそ家出した子にしか見えない」

「ウッ……！」

クロの可愛さに惑わされて忘れていた。いけない、いけない。冷静になれ僕。

「確かにそうだ。クロ……ごめんね、せっかくだけど」

「そっかー……」

ぺたんとクロが耳を伏せる。すると、思いも寄らぬ相手から救いの手が差し伸べられた。

「では、僕も同行しましょうか」

「「えっ……」」

赤斑である。見惚れるほど綺麗な笑みを湛《たた》えた彼は、やたら丁寧な仕草で一礼した。

「話の流れから察するに、成人に見える付き添いが必要なのでしょう？　幸いにも、僕は主より立派な姿を授かりましたので、適役ではないかと」

「そうだけど。いいの？　できればお祖父ちゃんには黙っていてほしいんだけど……」

僕らの祖父もたいがい過保護な人だった。きっと子どもだけで現し世に行くと聞いたら止めるに決まってる。赤斑は清玄お祖父ちゃんの使い魔だから、主人に隠し事なんてできないだろうと思ったんだけど……。

赤斑の唇がつり上がった。細く長い指を口もとに添え、しーっと悪戯っぽい仕草をする。

「問題ございません。臨機応変に対応せよと命じられておりますので。主人に報告をするか否かの決定権も委ねられております」

「そ、そうなんだ？　信頼されているんだね？」

「はい。僕は賢い〝犬〟なので」

赤斑もクロと同じ犬神だ。

──やっぱり犬は最高だな……！

ぶるる、と小さく震える。もしかして、このメンツなら現し世に行けるのでは……？

興奮気味に妹を見れば、春佳も頬を染めて僕を見つめていた。

「お兄ちゃん……！」

「春佳！」

こくりと頷き合う。

なんだか楽しくなってきた。冒険の予感に胸が高鳴ったが、必死に己を律する。ここではしゃぐべきじゃない。暴走するのは妹だけでいい。僕は冷静であらねば。

「……コホン。じゃあ、とりあえず今日は帰ろう。計画を練らなくちゃ。どこへ配達するかも決めないといけないしね」

すると、妹が興奮した様子で諸手を上げた。

「そうね！　準備も必要だわ。お菓子とかお菓子とかお菓子とか！」

欲望に忠実な春佳に、クロと赤斑が苦笑している。

「春佳は食いしん坊さんだねえ〜」

「おやおや。ピクニックのようですねえ」

僕たちはそれぞれ視線を交わすと、深く頷き合った。

「じゃあ、後で連絡するね。手紙を出すから！」

クロと赤斑に別れを告げて帰路につく。僕と手を繋いだ春佳が無邪気に笑った。

「お兄ちゃん、楽しみだね！　お母さん、喜んでくれるかなあ……」

「大丈夫だよ。たぶん」

自然と頬が緩む。妹の思いつきで始まった計画だが、思いのほか楽しくなりそうだ。

フフフ。妹のわがままに振り回されるのもたまには悪くない。

……なんて思っていたんだけど。

まさかあんな大変な事態になるなんて――僕はこれっぽっちも想像できなかったんだ。

＊　＊　＊

貸本屋には貸し出し台帳なるものがある。

名のとおり本の貸出日をつけておく台帳で、予約帳も兼ねていた。貸し出し中で借りられなかった本が返却されたら、確保しておきますよ～みたいな感じかな。

貸本屋の客は日本全国に幅広くいる。先代の……東雲とかいう人が、販路を拡大していったおかげみたいだ。もちろん遠方の客もいる。山の神様だったりして、その場から動けない客には配達サービスを行ってもいた。僕らが狙ったのはそういう客だ。

誰も見ていない隙にこっそりと台帳を持ち出す。お母さんは自室で横になっていたから、けっして難しいミッションじゃなかった。罪悪感とスリルで胸がドキドキする。妹と違って〝いい子〟で通っていた僕からすればなおさらだ。

「お兄ちゃん、どう？」

「待って……」

台帳の中を調べると、配達ができずに滞っている案件がいくつかあった。代金は前払いでもらっているので、実物を届けるだけでよさそうだ。

「……よし。まずは貸し出し予定の本を集めよう。春佳、手伝ってくれる？」

「うん！　わかった」

紙片に必要な本のタイトルを書き出して、店の中から目当ての本を探り当てる。まだ漢字が読めない妹は僕のアシスタントだ。あれこれ指示を出すと、素直に動いてくれるのでなんだか気分がいい。

――いつもこれくらい素直だったらなあ……。

しみじみ思いながら作業を続けていれば、強烈な視線を感じて勢いよく振り返った。

「……なにしてるのよ、アンタたち」

「や、やあ。にゃあさん、起きたんだ……」

そこにいたのは、二癖も三癖もある黒猫だった。

縁側で寝てたはずなのに！　絶望的な気分になる。

尻尾をゆらゆら揺らしながら、にゃあさんは疑わしげな視線を僕たちに注いだ。

「もしかして悪戯？　夏織に余計な手間をかけさせるつもりなら……」

シャアッ！　と鋭い牙を剥き出しにして威嚇した。

「噛むわよ？」

「「ひいっ……！」」

それが脅しでもなんでもない事実を知っている僕たちは震え上がった。にゃあさんはやる時はやる猫だ。噛むと決めたら絶対に噛む。

「い、悪戯じゃないよ。読む本を探してただけで。なあ？　春佳」

「そうよ、そうよ！　読書の秋だもの。本が読みたかったの！」

必死に言い訳を口にする僕たちを、にゃあさんは胡散臭そうに睨みつけてきた。

「夜月ならともかく、春佳が本を読むだなんて。珍しいわね」

「ひどいなあ！　私だって本くらい読むよ！　お気に入りの作品だってあるもん」

ぷうと春佳が頬を膨らませると、にゃあさんが深く嘆息したのがわかった。

「なんにせよ、今は夏織にとって大事な時期なの。面倒はよしてちょうだい」

それだけ言って、ぷいとそっぽを向く。トコトコと居間へ戻っていくにゃあさんを見送って、僕たちはほう……と息を漏らした。

「バレるかと思った……」

「危なかったね、お兄ちゃん」

危機一髪。なんとかごまかせたようだ。

「ほんとにゃあさんってお母さんのことばっかりだね！　嫌になっちゃう」

「こら、声が大きい。聞こえるだろ」

「だって〜」

妹が不満そうにむくれている。まあ、その気持ちもわかるけどね。一緒に暮らしているんだから、もうちょっと仲良くしてくれてもいいのにと思う。

「にゃあさんのことはいいよ。今は急ごう。約束の時間に遅れちゃうだろ」

「は〜い」

リュックに用意した本を詰めていく。念のため、貯金していたお年玉も忍ばせておいた。現金があればその場しのぎくらいはできるはず。ウエストポーチを腰に着ける。これは、お父さんのお下がりで僕のお気に入り。中には、とある道具が入っている。

――使う機会が来なかったらいいけど……。

ポンポンとポーチを叩いて、ずっしり重いリュックを手に取った。

「春佳？　行くよ～」

店の奥でなにやらゴソゴソやっている妹に声をかける。「は～い！」と元気いっぱいに返事をした春佳は、やたら大きなリュックを背負って現れた。

「……なに？　その荷物。まさか全部お菓子じゃないよね」

胡乱げな視線を向ければ、妹は胸を張って答えた。

「お守りを持って来たのよ。お菓子も入ってるけどね！」

フフンと鼻高々な妹に呆れる。途中で重いとか文句を言い出さなきゃいいけどね。

「まあいいや。ともかく行こう！」

「うん！」

妹と連れ立って店を出る。扉を閉める直前、静まり返った室内に小さく声をかけた。

「お母さん、行ってきます！」

「頑張って来るからね！」

妹とふたりで勢いよく駆け出す。僕たちの冒険……もとい、〝初めてのお手伝い〟は、こうして始まったのだ。

貸本屋の配達は想像以上にスリル満点だった！

クロたちと合流した僕たちが、手始めに向かったのは青森の竜飛崎《たっぴざき》だ。

竜飛崎は生憎の曇り空。轟々と風が吹き荒れる中、うねる海のど真ん中に黒い巨人が座していているのを見つけた時は、信じられない気持ちでいっぱいだった。

「……おや。可愛い子どもたちだね。どうしたんだい？　僕になにか用かな？」

巨人は泣いていた。ボロボロとバスケットボールくらいの大きさの涙がこぼれている。どうして泣いているんだろう。わけがわからなかったが、とりあえず名乗ってみた。

「か、幽世の貸本屋の遣いできました」

黒い巨人はぱあああっ！　と表情を明るくした。

「するとあれかい？　君たちが夏織の子どもたちなのかな？」

「う、うわわっ！　わあああああっ！」

巨大な手が僕と妹を捕らえた。握りつぶされてしまうのかと肝を冷やしたが、どうも違ったらしい。手のひらの上に僕たちを下ろした巨人は、しげしげと眺めて言った。

「話は聞いているよ。一度会ってみたかったんだ。こんにちは、僕は黒神《くろかみ》」

「こ、こんにちは……。し、白井夜月です」

「私は春佳よ！」

黒神がにっこり笑んだ。ぼろり、透明な涙が海に吸い込まれていく。

「親子三代で会いに来てくれるなんて。嬉しいなあ。風を吹かせ続けた甲斐があった」

「……風？」

首を傾げた僕に、黒神は小さくかぶりを振った。

「いや、こっちの話だ。そうだ、こないだお願いした本を持って来てくれたんだろう？」

「あ。はい……えっと、これですね。太宰治《だざいおさむ》の『斜陽《しゃよう》』」

「そうそれ！」

「太宰が好きなんですか？」

僕の問いかけに、黒神は頬をほころばせた。

「そうだよ。太宰治の本をね、刊行順に読んでいっているんだ。もうすぐ全部読み終わるよ。すごいだろう。僕に太宰の本をすすめてくれたのは君のお母さんだよ。それまで本なんて興味なかったのにね。手に取ってみたら、どんどんはまっちゃって」

——うわあ……！　お母さんってばすごい！

「ぼ、僕も太宰は好きです。『走《はし》れメロス』とか！」

興奮して声がうわずってしまった。

優しげに目を細めた黒神は、うんうんと嬉しそうに頷いている。

「『メロスは激怒した』——一行目からガツンと心掴まれるお話だよね。僕も好きだよ」

じわじわと喜色がこみ上げてきた。

黒神が口にした文章が、ズバリ僕のお気に入りの部分だったからだ。

「あっ、あの！　僕はですねえ！」

「待って」

興奮気味に太宰への想いを口にしようとするも、妹に止められてしまった。近代日本文学における言葉選びの妙と、構成の面白さについて語ろうと思ったのに！「なんだよ」と不機嫌に問えば、妹が心底嫌そうな顔をしているのに気がつく。

「お兄ちゃん、そういう話を始めると長いからやめてくれない？」

「ウッ！　別にいいだろ。太宰好き同士、積もる話もあるんだよ」

「まだ配達先がたくさん残ってるんだけど。本の話になると見境なくなるんだから。ほんとお兄ちゃんってそういうとこお母さんにそっくり！」

「なっ……!?」

思わず絶句する。

いやいや。僕はお母さんほどじゃないぞ！　あの人はもっとすごいんだからな……？

「んんっ！　コホン」

とはいえ、少々調子に乗ったかもしれない。冷静さを取り戻して鞄を漁る。

「あの、受領のサインをいただけますか？」

「もちろん」

ペンを差し出せば、丸太よりぶっとい指が伸びてきた。黒神からすれば、爪楊枝よりも小さなペンで器用にサインを書く。僕は、黒神の指先を握って笑った。

「確かにご予約の本をお届けしました。またご入り用があれば、ぜひとも幽世の貸本屋までよろしくお願いします！」

ぺこりと頭を下げる。すると、妹も数瞬遅れて頭を下げた。

「お……お願いしまっす！」

「もちろんだよ！」

瞬間、強い風が僕たちの周りに巻き起こった。空一面を覆っていた雲が風で散らされていく。黒々とした雲が退いた後に残ったのは、透き通った青空だ。

「君たちが再び訪れるのを楽しみにしているよ。少年、その時はじっくり語り合おう」

「……はいっ！」

笑顔で頷きを返す。風に吹かれた黒神の涙が、太陽の光を反射してキラキラ宝石みたいに輝いていた。

＊　＊　＊

それから僕たちは次々と本を届けていった。

栃木県の殺生石《せっしょうせき》へ『源氏物語《げんじものがたり》』を届けに行った時は、生きた心地がしなかったなあ。玉藻前《たまものまえ》がなんとも癖者で、僕の顔を見るなりこんなことを言ってきたんだ。

「おや、可愛いおのこじゃのう。じゃが、まだまだこれからという感じじゃな。もうちょっと育った方が妾の好み。どうじゃ、妾と〝紫の上《むらさきうえ》〟ごっこでもせぬか？」

一瞬、意味がわからなくてキョトンとしてしまった。

紫の上は光源氏《ひかるげんじ》が幼い頃から目をかけて養育した女の子だ。正妻の葵の上《あおいうえ》が死んだ後に光源氏のお嫁さんになったという――。つまり、玉藻前は僕をみずから育てた後に……？

言葉の意味がわかると、僕は真っ赤になって抗議した。

「いやっ！　ぼぼぼぼ、僕は好きな人と結婚するつもりですから……！」

「ホホホホホホッ！　初心《うぶ》じゃのう。かわゆいのう！」

「お兄ちゃんったら変な顔～！」

玉藻前と妹が心底おかしそうに笑っていたのが、とっても腹立たしかったなあ。そもそも僕は男だ。誰かに養ってもらう予定も願望もないんだからね！

ともあれ、本の貸し出し作業は順調に進んでいった。

大きくなったクロの背（昔は巨大化できなかったらしいけど、修行でできるようになったんだって！）に僕が乗って、獣姿に変身した赤斑の背に妹が乗る。犬神ふたりの脚の速さと言ったら！　そこらの自動車や新幹線なんて目じゃないくらいだ。

僕らは日本中を駆けまわった。最初はずっしり重かったリュックも、現し世の太陽が沈みかけた頃にはすっかり軽くなっていた。ここまでトラブルはなし。よしよし、順調だ！　貸本屋の仕事はそんなに難しくなかった。むしろ楽勝って感じ。

もしかして、僕らって貸本屋業に向いているのかな。

思わずそうこぼしたら、クロが目をキラキラさせて頷いてくれた。

「夜月は夏織に似て本が大好きだしね！　天職かもよ？」

……へへへ。そうかなあ。そうだったらいいなあ。

クロは実に褒め上手だ。浮かれた僕は、ますます調子に乗って配達を続けていき――。

やがて僕たちは、とうとう最後の届け先に到着したんだ。

やってきたのは――通称お伊勢《いせ》さん。三重県伊勢市にある伊勢神宮だ。

順調だった本の配達。僕はここでひとつの挫折を味わうことになる。


「見て見て！　ここがおかげ横丁《よこちょう》なんだって……！」

「うわあ。賑わってるねえ。お店がいっぱい！」

「本当ですね。もう遅い時間なのに、参拝客がこんなにいるだなんて意外でした」

妹の春佳とクロが興奮気味に叫んでいる。保護者役の赤斑も驚いた様子だった。

目の前には、観光客や参拝客でごった返す路地があった。「おかげ横丁」だ。

おかげ横丁は伊勢神宮内宮《ないくう》にある宇治橋《うじばし》から徒歩五分の場所にある。江戸時代、伊勢神宮を参拝する人々をもてなすために開かれた商店が、今もなお五十五軒ほど軒を連ねていた。伊勢路《いせじ》の代表的な建造物が移築されており、町並み全体から時代を感じられる場所だ。

参拝を終えた大勢の人々が店先をのぞきながら練り歩いている。

「…………」

はしゃいでいる妹たちを尻目に、僕はそれどころではなかった。

目が回って仕方がない。吐き気がする。頭が混乱して立っているのも辛い。

これがただの体調不良でないと理解していた。ここに来るまではピンピンしていたのだ。

僕を惑わせている原因。それは——大量の人間の〝群れ〟だった。

「キャハハハハ！　なにそれ美味しそ〜！」

「ねえねえ、この後どこに行く……？」

四方八方から知らない人間の声が聞こえてくる。僕からすれば、彼らは一様に同じ顔をしていた。似たような暗い髪色をして、誰も彼もが洋服を着ている。なんで角が生えていないんだろう。獣や道具の姿を借りた生き物なんてどこにもいなかった。肌だって似たような色ばかり。赤色や青色の人間なんていない。空は誰も利用していないのに、みんなして混雑している地べたを歩いている。それに人間の臭い！　香水やら、柔軟剤やら……人工的に作りだされた臭いが、屋台の煙に混じって鼻が曲がりそうだった。

——ああ。我慢できない……。

「お兄ちゃん？」

往来のど真ん中でしゃがみ込むと、妹が気遣わしげにのぞきこんできた。

「大丈夫？」

言葉を発するのも億劫だ。無言でコクコク頷くしかできない僕に、妹はきゅっと眉を寄せた。手をぐいっと掴んでズンズン進み出す。

「は、春佳……？　どこに行くんだよ」

「まっ青な顔してる癖になに言ってるの！　ちょっと休憩しよう。ねえ、赤斑さん！」

「そうですね。では、こちらへ」

赤斑に誘われてやってきたのは、土産物屋の一角にあるイートインスペースだった。テーブル席がいくつかと、畳敷きの小上がりがある。ヨロヨロと倒れ込むように畳の上に座り込めば、「待ってて！」と妹がどこかへ行ってしまった。

「大丈夫……？」

息も絶え絶えな僕をクロが心配そうに見つめている。

「だ、大丈夫……だといいなあ」

弱々しく答えれば、赤斑が僕の靴を脱がしてくれながら言った。

「人に酔ったんでしょう。少し休めば治りますよ」

「うん……」

テーブルに突っ伏して小さく頷く。

――盲点だった。人酔いするなんて想像もしてなかったよ！

妹は平気そうなのに、兄である僕がこれじゃあ恰好がつかない。なにが貸本屋業は天職かも……だよ！　仕入れで現し世に来る機会だってあるのに、人間が大勢いる場所が苦手だなんて洒落にならない。

「情けないなあ……」

思わず弱音をこぼせば、クロが僕の頬をペロリとひと舐めしてくれた。

「元気だして！　大丈夫だよ！」

やはり犬は最高だなあ。優しい……。

そこへ妹が戻ってきた。

「お待たせ！」

妹は大きなお盆を手にしていた。載っていたのは、ほかほか湯気が立ったうどんだ。

「ねえ、お腹が空いたでしょう？　これ、伊勢うどん！　名物なんだって。最後の配達に行く前に、休憩がてら腹ごしらえしようよ！」

大きな椀の中に、やや太めのうどんが入っているのがわかる。青ネギを散らしたうどんに絡んでいるのは濃厚そうなタレ。汁はない。ぶっかけみたいだ。

「食欲が……」

確かにお腹は空いていたが、なにかを食べる気分ではない。ウッと小さく嘔吐《えず》くと、妹の顔が阿修羅のように険しくなった。

「しゃらくさい！　文句言ってないで食べる！」

「むがもご!!」

いきなり口にうどんを詰め込まれ、目を白黒させた。なにをするんだと怒ろうとすると、口の中に広がった甘塩っぱい味に思わず目を瞬く。

「……ん、美味しい」

伊勢うどんはとっても〝やわやわ〟だった。讃岐《さぬき》うどんのようなコシはない。噛めば口の中でほろりと解け、出汁がたっぷり効いた甘口のタレが小麦粉の風味とマッチしていた。トッピングは青ネギだけというシンプルさもいい。人間の臭いにあてられて、弱っていた胃に優しく染み渡っていく。口の中のうどんを飲み込むと、クラクラしていた頭がスッキリしてきた。不調の一因は、エネルギー切れもあったみたいだ。

「なんか落ち着いた」

「でしょう？」

僕が驚いた顔をしていると、妹が得意げに胸を張った。

「お伊勢さん参りで、遠路はるばる来てくれた人たちに振る舞われたのが伊勢うどんなの。じっくり煮込んであるから消化にもいいんだって！　疲れたお兄ちゃんにいいと思って」

だから食べろと、妹は僕の手に箸を押しつけた。

「今日一日、ずっと気を張ってたでしょ。今くらいは気を抜いてもいいんじゃない？」

にこりと笑んだ妹に、頬が熱くなったのがわかった。アレコレ気を遣いすぎて、疲労していたのを見抜かれていたようだ。六歳の妹に気遣われるなんて恥ずかしい。

――ああ。僕は兄としてまだまだだなあ……。

しょんぼり肩を落として、伊勢うどんをじっくり味わう。

春佳の行動はまるでお母さんみたいだ。なんだか奇妙な気分になる。天真爛漫、わが道をゆく妹もやはりお母さんの子なのだ。

——しっかりしなくちゃ。妹に情けないところばかり見せていられない。僕だって、貸本屋三代目の息子なんだから……！

グッと背筋を伸ばした。決意と共に具合の悪さがじょじょに薄れていくようだ。

「ありがとう。うどん代いくらだった？　払うよ」

「いいよこれぐらい。お金はまだあるしね」

殊勝な顔で断った妹に、僕はたまらずしかめっ面になった。

「駄目だ。お前、いつまでも恩着せがましく言ってくるだろ……」

『あの時、お兄ちゃんを助けてやったじゃない～』と、ことあるごとに口にする妹の姿がありありと想像できた。正直、借りを作りたくない。頑として納得しない僕に、「別にいいのに」と妹は唇を尖らせた。なにか思いついたのか、にんまり笑む。

「じゃあさ、私……食べたいものがあるんだけど」

妹の栗色の瞳が爛々と輝いている。嫌な予感を覚えながら僕は頷いた。

「わ……わかった。なんでも言えよ。さすがに高級レストランとかは無理だけど！」

一応、予防線を張るのは忘れない。もちろん、と妹は笑みを深めて大きく頷く。

「大丈夫。食べ歩きできる奴だから！　あれよ、あれ！」

——なら、それほど高くないかな？

妹が指差した先を見遣れば——値段にギョッと目を剥く。

「松阪牛串《まつさかうし》……？　と、特選!?」

お値段、なんと三千円である。

「牛串にその値段はちょっとあり得ないだろ!?」

思わず悲鳴を上げれば、妹は鼻を膨らませて言った。

「天下の松阪牛様よ!?　これくらいはするわよ～！　やったー！　いいお肉！」

万歳！　と諸手をあげた妹に頭痛がしてきた。なんてこった、僕のお年玉が……！

涙目になりながらお財布をのぞきこむ。払えはするが、痛い出費なのは違いない。

「くそっ！　新刊を買おうと思ってたのに……」

「やっほい！　お兄ちゃん大好き！」

泣く泣く三千円を差し出せば、妹は浮かれた足取りで売店へと向かっていった。大事な貯金が肉に代わる瞬間を見たくなくて目を逸らす。

すると、やけに深刻な顔をして見つめ合っているクロと赤斑の姿に気がついた。

「………」

「師匠。さあ、どうぞ！」

クロの足もとには紙皿が置いてある。山のように積まれているのは——松阪牛の串焼きじゃないだろうか？

「駄目だよ。食べられない。オ、オイラ……水明から脂っこいお肉は止められててぇ」

たらり、クロの口もとから透明な涎がこぼれている。視線は肉に釘付けで、無理しているのが端からでもわかった。必死に我慢しているらしいクロに赤斑は容赦がない。

「別にバレなければいいではありませんか。ささ、せっかく伊勢まで来たのですから」

にこりと綺麗な顔で微笑む。

「旅の恥はかき捨てと申します。僕は師匠に美味しいものを食べてもらいたいのです！」

まさに悪魔の誘惑だ。

「うう。うううううう……」

「無駄な足掻きはよして。水明様には黙っておきますから」

「うううううううううう!!　やめてえ！　優しく囁かないでえ!!」

「僕は美味しいお肉を頬張る師匠の姿が見たいだけなんですよ！」

——赤斑の愛って重量級だなあ……。

残った伊勢うどんを噛みしめながら、僕はしみじみと感じ入ったのだった。

＊　＊　＊

食事を終えた頃には僕の体調もすっかりよくなった。相変わらず人間には慣れないが、いつまでもこうしている場合ではない。最後の配達が残っている。

「さあ、伊勢神宮に行こう」

「次は具合悪くなったりしないでよ？」

「うるさいなあ！」

意地の悪い妹の言葉にむくれる。春佳はそんな僕を見てケラケラ笑っていた。

秋は夏に比べると日の入りが早い。まだ時間的にはそう遅くないが、辺りは夕闇に包まれ始めていた。沈みかけた太陽が周囲を紅く染めている。燃えるような夕陽に照らされた世界は、まさに逢魔が時という感じだった。

本当は暗くなる前に幽世に帰る予定だったのに。まさかこんなことで足止めされるなんて！　次で取り戻さなくちゃ……！

気合いを入れて足を進める。

「……夜月くん。いきなり内宮に行くのですか？」

内宮へ続く宇治橋を渡ろうとした僕らを赤斑が引き留めた。振り返れば、整った顔にどこか不安げな色が浮かんでいるのがわかる。

「そのつもりだけど。どうしたの？」

首を傾げれば、赤斑の眉間に皺が寄った。

「神がおわす場所に赴く場合、手順を踏むべきだと主《あるじ》は常々おっしゃっています」

「手順？」

「ええ。伊勢神宮の場合、外宮《げくう》から回るのがよいとされているんですよ。われわれもそうするべきではないかと思うのですが……」

妹と顔を見合わせる。どうして赤斑がそこまでこだわるのか正直わからなかった。

「僕らはお詣《まい》りに来たわけじゃないから、大丈夫じゃないかな？」

「うんうん。そうだよね。だって頼まれた本を届けに来たんだもの！」

あくまで仕事で来たのだから、別に構わないだろうと意見を述べる。僕たちの言葉に赤斑は困り顔になった。助けを求めるかのようにクロを見遣る。クロは尻尾をゆらゆら揺らしながら僕をじっと見つめた。

「ふうん。夜月はそれでいいと思ってるんだ？」

「う、うん……」

なんとも意味深な問いかけに身構えるも、クロはあっけらかんと言った。

「じゃあ、いいと思うよ。なにがあってもオイラが守るしね！」

「……？　あ、ありがとう」

「どういたしまして！」

トコトコと歩き出したクロの後ろ姿を見つめた。どうして重ねて確認されたのだろう。不明瞭でモヤッとしたなにかが、しこりのように胸の中に残っている。

「クロ――……」

「早くおいでよ！　真っ暗になる前に終わらせなくちゃ！」

無邪気な様子でクロが僕たちを呼んでいる。いつもと変わらない姿だ。

僕は妹と顔を見合わせると、足早に橋の上を駆けていった。

とん、たん、ととん、とととん。

二十年に一度、架け直されるという宇治橋は、踏みしめるごとに軽快な音を立てる。

この時期、伊勢神宮の参拝時間は十七時までということもあり、これから内宮へ向かう人は僕たち以外にいなかった。三々五々帰っていく人々の合間を縫って進むと、五十鈴川《いすずがわ》から秋風が吹き上げてきて肌をくすぐっていった。涼しくはあるが、上着があれば凍えるほどじゃない。そんな伊勢の天気は、いよいよ最後の仕事を成し遂げようとしている僕らを祝福しているよう……なんて思っていたんだけど。

白木の大鳥居を潜った瞬間、背中から悪寒が上ってきて足を止めた。

「なに……？」

辺りを見回す。薄闇に包まれ始めている境内には特に変化はないように思えた。風に吹かれた木々がさわさわと騒いでいる。玉砂利の上に夕陽の赤色が鮮やかに散っていた。

――気のせいかな？

鳥居の向こうは別世界……なんて表現もあるが、まさにそんな感じだ。空気が変わった気がする。おかげ横丁の喧騒が遠くなったからそう思えただけかもしれないけど――。

「お兄ちゃん？　また具合が悪くなったの？」

「やっぱりもう少し休もうか？」

先導していた妹やクロ、赤斑が怪訝そうに僕を見つめている。

「そんなわけない。大丈夫だよ！」

僕は笑顔になると、みんなに追いつくために早足になった。

——なにをビビってるんだ。妹にこれ以上情けないところを見せてたまるか。

胸を張って先頭を歩く。やがて神苑の光景が目に入ってきた。美しく刈り込まれた松の木や芝の青色がまぶしい。僕ら以外の人影はなく、地面には長い影が落ちている。

「お兄ちゃん……」

すると、春佳が僕の手をそっと掴んできた。顔色が悪い。落ち着かない様子でキョロキョロと辺りの様子をうかがっている。

「……なんだか怖いね」

ぽそりと呟いた妹の声はどこか不安げだった。妹も〝なにかが違う〟と感じ取ったようだ。いつもは暴走機関車みたいに止まることを知らない妹だけど、やっぱり六歳の女の子なのだ。お兄ちゃんの僕が守ってやらなくちゃ。

安心させようと、無言のまま握り返してやる。妹のか細い手がじんわり汗で湿っていた。しばらく歩いていると川の音が聞こえてきた。遠くに水面が見える。

「川だ！」

「うわあ。綺麗だねえ」

こみ上げてきた不安をごまかすように、はしゃいだ声を上げて水辺に近寄った。玉石が敷き詰められた石畳沿いに穏やかな川が流れている。ゆるゆると流れる水は思わず触れたくなるような透明度だ。内宮に参拝する人たちは、ここで身も心も清めるのが習わしなんだとか。川の生き物が見えないかな〜なんて思っていると、妹が僕に訊ねた。

「お兄ちゃん。そういえば、お客さんとはどこで落ち合うことになってるの？」

「えっと……」

貸し出し帳を写し取ったメモを取り出して確認する。

「特に書いてなかったんだよね。伊勢神宮の内宮とはあったけど――」

入り口辺りで出迎えがあるもんだと思っていたけど、それもなかったなあ。

そうだ、時々お父さんと一緒に仕事の手伝いをするクロなら知っているかもしれない。

「ねえ……」

いつも無邪気な犬神に訊ねようと振り返る。瞬間、僕はカチンと固まってしまった。

「クロ？」

どこを見てもクロの姿がない。いや、クロだけじゃなかった。赤斑の姿も見えない。強く風が吹く。ざざざざ、と木々が大きく騒いだ。まるで僕らの心を代弁してるみたいだ。

「お兄ちゃん……」

妹が僕にぴったりとくっついたのがわかった。こくりと唾を飲み込む。なにかが起きている。だけど、ここで怯えの表情を見せるわけにはいかなかった。僕はお兄ちゃんだ。妹を守らなければならない。じんわり汗が滲んだ僕の首筋を、川を渡る風が撫でていく。

「――もし」

背後から聞き慣れない声がした。

「……ッ!?」

勢いよく振り向けば、すぐ近くに見慣れない人物がいるのに気がつく。

まるで気配を感じなかった。うるさく脈打つ心臓を宥《なだ》めながら相手を観察する。

神職の男のようだ。白い袍《ほう》に単衣、黒の垂纓《すいえい》冠はいかにもそれらしい。しかし、顔は面布で覆われていてよくわからない。

「そなたらは、幽世の貸本屋でございまするか」

時代がかった言葉遣い。やたら平坦な声で訊ねられコクコクと頷く。なんだか威圧を感じる。表情は見えないのに、相手が不機嫌なのが手に取るようにわかった。

――ぼ、僕たちなにかしたかなあ……?

どうやら男が貸本屋の客で間違いないようだが、なぜ気分を損ねているのか理解できない。小さく息を吐いて、吸った。ここは相手のテリトリーの中だ。なにがあってもおかしくない。クロたちの姿が見えなくなってしまった以上、一刻も早く終わらせて帰ろう！

リュックから本を取り出す。貸し出し台帳にあったのは干支に関する本ばかりだった。十二支に関する民話を集めた本もある。このお客さんは干支に興味があるみたいだ。

「ごっ、ご予約の品をお持ちしました。お確かめください」

ドキドキしながら本を渡すと、男は無言で受け取った。面布越しに、ジロジロと表紙やタイトルを眺めている。ひとつひとつを確認して――ぴたり、と止まった。

「……足りぬ」

「へっ？」

ボソリと呟かれた言葉に、思わず素っ頓狂な声が出た。

「南方熊楠《みなかたくまぐす》の『十二支考《じゅうにしこう》』……下巻しかないではないか」

さあっと血の気が引いた。確かに上巻がない。慌ててリュックの中を漁るも目当ての本は入っていなかった。忘れてしまったらしい。

「す、すみません……！」

慌てて頭を下げる。やってしまった！　しっかり確認したはずなのに……！

ドキドキしながら顔を上げる。瞬間、血の気が引くのがわかった。

「………………」

男の体が二回りほど膨れ上がっている。無言の男からは、ピリピリと空気がひりつくほどの怒気が発せられていた。人間の肌だと思っていた部分は羽毛で覆われ、単衣からふわふわした毛がはみ出しているのがわかった。頭に被っている垂纓冠が様変わりしている。真っ赤に色づき、生々しい血管が浮かび上がっていた。まるで——鶏冠《とさか》だ。

——本性を現した……！

目の前の男は危険だと本能が告げている。幽世で暮らしていると、時々覚えがある感覚だった。こういう時、どうすればいいってお父さんは言ってた？　ええと、ええと……。

妹を背に庇《かば》って、手早く腰のポーチに手をやった。焦っているせいで、上手くチャックを開けない。汗で手が滑る。男が動き出した。急げ！　急げ、急げ、急げ——！

「クエエエエエエエエエエエエエエッ……！」

男は片足を天高く振り上げ、あらわになった鋭い鉤爪を僕たちに向かって振り下ろした。

「お、お兄ちゃん！　きゃあああああああっ!!」

僕の背中にしがみついた妹が悲鳴を上げる。

しかし、男の鉤爪が僕に届くことはなかった。

――ギィィインッ……！

僕が手にした護符に弾かれ、火花を散らしただけで終わる。傷ひとつ負わなかった僕を、妹はポカンと見つめていた。

「それ……お父さんの術……」

ニッと歯を見せて笑う。

「へへへっ！　いざという時に使えるようにって、お父さんに教えてもらったんだ」

全霊力を消費する代わりに、攻撃から身を守ってくれる術。危険だらけな幽世で、人間の僕たちには身を守るすべが必要だった。そんな僕にお父さんが教えてくれたのだ。

『夜月、お前はお兄ちゃんだからな。春佳を守ってやれよ』

『うん！　僕、絶対に妹を守るよ……！』

この術を教えてくれた時、お父さんとした約束。

まさか、こんなに早く実現する時が来るなんて――。

「うっ……」

「お兄ちゃん！」

眩暈《めまい》がして膝を突いた。霊力がからっぽになったせいで疲労感が半端ない。

僕たちふたりの周囲には、円形の半透明のドームが現れていた。僕の全霊力を使ったバリアーだ。攻撃が届かないのに苛立った男が、何度も鉤爪を振り下ろしている。だけど、僕が作りだしたバリアーはびくともしない――はずだった。

――ピシッ……。

「あれえ……？」

血の気が引いていく。とっても嫌な音がしたんですけど!?

おそるおそる確認すると、男が力任せに蹴りつけた場所から、蜘蛛の巣のようにヒビが入っているのがわかった。ヤバイ。ヤバすぎる。このままじゃ――壊れる!!

「ちょっ、ちょっと待って。壊れないってお父さん言ってたのにィィィ!!」

「お、お兄ちゃん!?　きゃあああっ！　死ぬううううううう……！」

「クエエエエエエエエエエエエエッ！」

ひときわけたたましい男の鳴き声が辺りに響き渡った――その時だ。

対岸の草むらから、五十鈴川を飛び越えて巨大な影が男に飛びかかった。鋭い牙を男の首に食い込ませて、まるで独楽《こま》のように地面を転がった。夕闇の中に、ふわりと白い土煙が舞い上がる。ポカンとしている僕らをよそに、黒い影はブンブンと勢いよく男を振り回していた。男は為す術もない。まるで犬にじゃれつかれた人形のように弄ばれ――再び僕らへ襲いかかる余裕はないようだった。

「……あ」

ひとまず危機は去ったようだ。腰を抜かして石畳の上にへたり込む。体が震えていた。四肢に力が入らない。安心した途端、じわりと涙が滲んできた。

「チッ！」

そんな僕たちの様子がわかったのか、巨大な影は舌打ちをしたかと思うと、

「短気は損気って言うじゃない。ちょっと反省しなさい……よっ！」

そう勢いよく叫んで、男を川に向かって放り投げた。大きな水音がして、男が着水したのがわかる。そのまま流れていったのか、はたまた黒い影を警戒して身を潜めたのか——神職風の男が水の中から上がってくる様子はない。

「……あ」

ブルブル震えていると、僕たちの前に黒い影がやって来た。

じとり、なんとも面倒くさそうにオッドアイの瞳を眇《すが》める。

「なにやってんのよ、馬鹿ね」

「にゃあさああああああああああああああああんっ!!」

僕と妹は、巨大化したにゃあさんに抱きついた。

ふわっふわの毛に顔を埋めて、安心感から大粒の涙をこぼす。

「ぼ、僕っ！　僕、死ぬかと思ったあああ……！」

「わた、私も。お兄ちゃんが死ぬかとおおおお……！」

「ちょっと。顔を擦りつけるの止めてくれない!?　毛に鼻水がついたらどうするのよ！」

「「うわあああああああん……」」

「うるさいわよ！　耳もとで泣くんじゃないわよ、この馬鹿！」

僕たちは、しばらくにゃあさんに抱きついて泣いた。それくらい恐怖を感じていたのだ。

そうこうしているうちに、太陽は山際に顔を隠してしまった。真っ暗になってしまった僕らの周りには、にゃあさんが作りだした火の玉が浮かんでいる。

「まったく。なにを企んでいるかと思えば。だから言ったじゃないのよ、面倒ごとはよしてちょうだいって」

僕たちの顔をザラザラした舌で舐めながら、にゃあさんが文句を言っていた。

「も、もしかして――心配でついてきてくれてたの？」

ぽそりと訊ねれば、にゃあさんが気まずそうに視線を逸らす。

「アンタらになにかあったら夏織が悲しむでしょう……」

ぱちくりと目を瞬く。僕たちが出発したのはずいぶんと早い時間だったはずだ。

――つまり、朝からずっと？　僕たちに気取られずに今の今まで……？

「にゃあさん」

ぎゅう、と大きな黒猫の首に抱きついた。

「大変だったよね。ありがとう」

嬉しくて声が震えてしまった。妹も僕にならってにゃあさんに抱きつく。

「にゃあさん、今まで誤解してた。とっても優しいんだね。大好き」

瞬間、にゃあさんの毛がぶわっと大きく膨れ上がった。

「ばっ……馬鹿言わないでよ!? 人をお人好しみたいに！ あたしはあたしがやりたいようにしただけ！ 今日だって、駄犬が撒かれたりしなかったらこっそり帰っておしまいにするつもりだった！」

「あ、そうだ。クロと赤斑はどこに行ったの……？」

「馬鹿ふたりなら、外宮に飛ばされたみたいよ。まったく、な〜にが『オイラが守る』よ。ちっとも役に立たない癖に口だけは達者なのよね！」

神職風の男の仕業のようだ。僕らの前に姿を現すのに、クロたちが邪魔だったらしい。

「あの男の人、なんで僕らを分断したんだろう。急に怒り出すし……」

「そうそう！ 本当にわけわかんないよね、お兄ちゃん！」

妹とふたりで嘆息する。人にあらざる者との付き合いはそこそこ長いつもりだったけど、こんな怖い目に遭ったのは初めてだ。

「やだ。本当にわかっていないわけ？」

にゃあさんが呆れたような声を出した。「信じられない」とため息をこぼす黒猫に、僕たちは困惑の色を強める。

「……もし。大丈夫でしたか？」

すると、背後から鈴を転がすような声がした。

振り返れば、すぐ近くに手持ち灯籠を持った女性がいるのに気がつく。

女性も、先ほどの男と同様に顔を面布で隠していた。白衣に白袴を着ていて、玉を重ねた装飾品を身につけている。どうやら巫女さんのようだ。

「わが僕《しもべ》が粗相をしたようです。よく仕えてくれるのですが短気なのが玉に瑕で」

巫女さんはおっとりとした雰囲気を持っていた。灯籠の明かりがやけにまぶしい。黄みがかった明かりに照らされた姿は、闇に沈んだ川辺では輝いて見えるほどだった。口もとをおさえて笑う様は非常に上品だ。彼女があの男の上司らしい。まったく悪びれない様子に妹が不満そうに唇を尖らせる。

「死ぬところだったんだけど……」

ボソリと呟いた不満げな声に、巫女さんはこてりと首を傾げた。

「ですが、害されても仕方がない粗相をしたのはそちらでしょう？」

「え……」

「ここは伊勢神宮ですよ。最高神が座す場所に不届き者が入ってきたら――どういう対応をすべきか、あなた方も想像できるでしょうに」

さあ、と血の気が引いていく。

もしかしたら僕たち、とんでもないことをやらかしてしまったのでは？

「……直接、内宮に来たのがいけなかったんですか？」

巫女さんは神妙な様子で頷いた。

「本来ならば、外宮に参った後に豊受大御神《とようけのおおみかみ》を通してうかがいを立てるのが筋でしょう」

「あっ……」

『神がおわす場所に赴く場合、手順を踏むべきだと主は常々おっしゃっています』

赤斑の言葉を思い出して青くなった。せっかく忠告してくれたのに！　無視したのは他でもない僕たちだ。弱りきった顔になった僕らに、巫女さんはクスリと笑んだ。

「しかし過ぎたことは仕方ありません。彼も、予約していた本を受け取れるのならば……と、いったんは目を瞑る気になったようですが……」

ちらりと巫女さんが川を見遣った。結果は明らかだ。男は僕たちに牙を剥いた。

——あああああああああっ！

全身から血の気が引いて、指先が冷たくなっていく感触がした。

失敗を一度は見逃してくれた男を激昂させたのは、まぎれもなく僕だ。

「……本が揃ってるか、ちゃんと確認しなかったせいだ」

「お兄ちゃん……」

しょんぼりと肩を落とした僕に、妹が寄り添ってくれた。本当に伊勢に来てからというものいいところがない。視界がじんわりと滲んだ。貸本屋業に向いていると軽々しく考えていた自分が馬鹿みたいだ。

「僕が貸し出す本を忘れたせいで……うぐ……ヒック」

ゴシゴシと袖で目もとを拭う。妹が見ているのに涙があふれてきて止まらない。ポロポロ、ポロポロ。かっこよくて頼れるお兄ちゃんに涙は似合わない。だのに、お前にはこの程度がお似合いだと言わんばかりに、僕の顔を涙が飾り立てている。

「あらあら」

ポロポロ涙をこぼしている僕を、巫女さんが困った様子で見つめていた。

「……ッ!」

途端、ぎゅうっと妹が僕の手を強く握ったのがわかった。ふと視線を向ければ、妹の顔がりんごのように赤くなっているのがわかる。

——あっ……!

嫌な予感がして顔が引きつった。妹が赤くなる時……それは暴走の予兆だ。

「大丈夫よ！　お兄ちゃん!!　私がなんとかするわ!!」

妹が思いっきり僕の背中を叩いた。

「——いっ!!」

ぱあんっ！　小気味いい音がした。なにが大丈夫なんだと訊ねる暇もない。痛みのせいで蹲《うずくま》った僕を尻目に、妹は鞄の中を漁り始め——キッと巫女さんを挑戦的に睨みつけた。

「ねえ、お姉さん！」

「は、はい？」

「本当にごめんなさい!!　私たち、礼儀知らずだったわ！」

深々と頭を下げる。巫女さんは驚いた様子で妹を見つめていた。妹は勢いよく顔を上げると、目を爛々と輝かせて続けた。

「子どもだからって、やっていいことと悪いことがあるわよね！　お母さんを喜ばせようって始めた手伝いだけど、下調べしなかったのが失敗だった！　相手は神様だもの。もっとちゃんとするべきだったんだと思う！　危ない目に遭ったのも自業自得よ！　足りない本はすぐに持ってくるわ。だから——その間」

ずい、と両手に持ったあるものを巫女さんに差し出す。

「この本をあげるから、読んで待っていてくださいって伝えてくれないかしら……！」

それは僕も見たことのある本だった。

ネズミの兄弟がパンケーキを作るという有名な絵本。実は僕も持っている。妹が生まれた時に、お母さんがプレゼントしてあげていた。大切な物語だから一冊ずつ持っていてと、お母さんが語っていたのを覚えている。妹はあの絵本が本当に大好きで、寝る前に何度も何度も繰り返し読んでもらっていたっけ。

本文を空で言えるくらいには馴染み深い本だ。カバーはボロボロで、お世辞にも綺麗だとは言えない。だけど僕は知っていた。あの本を妹が大事にしてたってこと。

まさしく妹の宝物。初めての場所に行く時や、不安な出来事があった時には、必ず持ち歩く大切な品。なにより大切なお守り——。

今回も持って来ていたんだ……。

「世界にはね、本がたーーーーっくさんあるんだって。お母さんが言ってたの。一生かけても読み切れないくらい！　だから、早く読みたいって気持ち……すごくよくわかる。一分一秒だって無駄にしたくないわよね!!　忘れた私たちが悪いのよ！　だから待っている間、これを読んでいて。私のおすすめだから……！」

本を持つ妹の手がプルプル震えていた。まるで、本当は離したくないと言わんばかりだ。

「……その本をくれるのですか？」

巫女さんが戸惑いの声を上げた。強ばった顔をした妹がこくりと頷く。口の端を無理矢理引き上げ、苦しそうに笑みを形作った。

「読んだ後、心が温かくなるお話よ！　こおんなに大きなパンケーキを焼くの！　どんな味がするのかしらって、想像するだけで楽しくなれるの。もっとたくさんの物語を読みたいって思わせてくれる本よ！」

妹の栗色の瞳が滲んでいく。巫女さんの手に本を押しつけた妹は、ぎゅうっとオーバーオールが皺になるくらいに強く握った。

「だから許してほしいの。貸本屋でまた本を借りてほしい」

ぽろり、透明なしずくが妹の目からこぼれた。だけど春佳は俯かない。生来の負けん気の強さを発揮して、巫女さんを見つめ続けている。

「私たちのせいで、本を嫌いにならないで」

妹の言葉には曇りひとつなかった。

呆れるほどまっすぐな言葉は、僕の胸にも突き刺さる。

——妹がここまでしているんだ。お兄ちゃんの僕が黙っているわけにはいかない。

妹の隣に移動して、その場に膝を突く。

「申し訳ありませんでした。僕からもお願いします」

両手を地面について頭を下げた。

ドクドクと耳の奥で心臓が鳴っている。地面に手を突いているはずなのに、ふわふわして落ち着かない。自分たちの仕出かしたことの大きさに眩暈がする。貸本屋の僕たちは、物語を欲している相手に本を届けるのが使命だ。だのに、仕事の確認を怠った罪は大きい。

「まったく」

にゃあさんがため息をこぼしたのがわかった。スルスルと普通の猫サイズに戻ったにゃあさんが、僕と妹の間にちょこんと座る。

「アンタどうするのよ」

「…………」

にゃあさんの問いかけに、巫女さんは黙ったまま動かない。

オッドアイを不機嫌そうに細めたにゃあさんは、吐き捨てるように言った。

「ねえ、アンタってその程度なの？」

「フフッ……！」

辛辣なにゃあさんの言葉に、巫女さんが小さく噴き出したのがわかった。

「フフフ、フフフフフ……」

妹の本を抱えて肩を震わせている。

「わかりました。わかりましたよ！　わたくしにこんな態度を取るのは、後にも先にもあなた方くらいなものです！」

晴れ晴れとした声を出した巫女さんは、どこか吹っ切れた様子で僕らを見つめた。

これは許された……のかなあ？

キョトンと目を瞬いた僕らは、どういう反応をすればいいかわからず顔を見合わせる。

巫女さんは妹の頭を優しく撫でると、悪戯っぽい声で言った。

「人は誰しも過ちを犯す生き物です。それは神だって同じこと」

身をすくめた妹の手に絵本を戻して続ける。

「事実、取り返しのつかない失敗もあるでしょう。だけど、今回はそうでしょうか？」

ふわりと秋風が僕たちの間を抜けていった。面布が膨らんで、巫女さんの淡く色づいた唇が垣間見える。

「次は間違いを犯さないようにすればいい。その程度の話です。たとえ、失敗に目が眩《くら》んで世界が暗闇に包まれたと思っても、取り戻すことはできるんですよ」

口もとだけでわかるほど、巫女さんは優しく微笑んでいた。慈愛を感じさせる表情に、妹の顔がくしゃりと歪む。

「あ、ありがとう……」

再び涙をこぼし始めた妹に、巫女さんは大きく頷いた。

……なんとかなったみたいだ。

途端に体の力が抜けた。へたりとその場にくずおれると、にゃあさんの三本の尻尾が僕の頬を軽く撫でた。顔を上げれば、ツンとそっぽを向いたままの黒猫の後頭部が見える。

ああ！　素直じゃない。本当に素直じゃないなあ、この猫は！

「それはさておき」

ポン、と巫女さんが手を叩いた。

どこかワクワクした様子で妹に話しかける。

「この本、すごく楽しそうですね？　絵本……というんでしょうか。子ども向けのお話という理解で合っていますか？」

「う？　う、うん……」

「わたくし、絵本に初めて触れました。しかも西洋風の世界観ではありませんか？　お伽噺とはまた違う趣《おもむき》……正直、興味があります」

「えっ……！」

妹の頬が赤く色づいた。前のめりになって巫女さんの手を掴む。

「お姉さん、一緒に読む!?」

呆れた。うちの妹はなにを言い出すんだ。相手はあの男の上司だぞ。たぶんえらい神様かなにかだ。絵本に付き合ってくれるわけが――。

「ええ！　一緒に読みましょう……！」

付き合うんかーい！

「ウッ……！」

心の中でノリツッコミをして、痛み始めたこめかみをおさえる。

「ぱんけーき、とはなんですか？」

「えっ！　お姉さん知らないの～？　小麦粉と卵をふわっふわに焼いた奴だよ！」

キャッキャと話が弾んでいる妹たちを横目で眺め、はあ……と深く嘆息した。

「本を取りに戻るか」

まずは己の失敗を挽回しなければ。ゆっくり立ち上がると、足もとににゃあさんがやって来た。「乗る？」とクールに訊かれたので、「乗らせてください」と素直に答える。

「まったく仕方がないわね」

文句を言いながらも、素早く巨大化するにゃあさん。僕が乗りやすいように身をかがめてくれるにゃあさん。万が一にでも落ちたらいけないと、長い尻尾のうち一本を常に僕のそばでスタンバイさせているにゃあさん……。

母の言葉を思い出す。

『にゃあさんはツンデレなのよ！』

――お母さん。確かに黒猫は最高にツンデレでした。

「猫もいいかもしれないな……」

「は？　なんか言った？」

「いえ、なんでもありません」

スンと真顔になってにゃあさんの背にまたがる。

「じゃあ、足りない本を持ってくるね！」

声をかけると、巫女さんにべったりな妹が手を振った。

「うん。私はここで待ってる！　ご本を一緒に読まないといけないから……！」

興奮気味な妹の頬はりんごみたいに色づいていた。あ〜あ。あの人、大丈夫かなあ。僕やお母さんに負けず劣らず、妹も語り出すと止まらないタイプだ。

「じゃあさっそく読みましょうか。あっ！　その前に飲み物を用意させた方がいいかもしれませんね……。甘いものも！　少女よ、唐菓子は食べられますか？」

だけど巫女さんもウッキウキだ。うん、大丈夫そう。この人もたいがい本好きらしい。

「フフフ。天岩戸の中で読むのもいいかもしれませんね。明日の朝まで出てこなかったら、世間が大騒ぎになるかもしれませんけど！」

なんか聞き捨てならない言葉を口にした気がしたけど、僕は聞こえないふりをした。

にゃあさんと一緒に大急ぎで幽世に戻る。足早に貸本屋に駆け込むと、なんだか店の中に見知ったあやかしたちが大勢集まっていた。

「夜月！　アンタどこに行って――……」

まっ青な顔のナナシママを華麗にスルー！　『十二支考』の上巻を急いで手にして、さっさと店を後にする。

「ちょっと！　どこへ行くつもりよ……！　春佳は!?」

「すぐ帰るから～！」

心配そうな声を尻目に、僕とにゃあさんは急いで現し世に戻った。伊勢神宮の内宮に到着すると、妹と巫女さん、それと吹っ飛ばされた鶏の人が出迎えてくれる。

「大変申し訳ありませんでしたっ!!」

僕は深々と頭を下げて、鶏の人に『十二支考』の上巻を差し出す。

鶏の人は気まずそうに頭を掻いて笑った。

「こちらこそすまなかった。頭に血が上ってしまって……」

「いえいえ！　ちゃんと本を持ってこなかった僕らが悪いんですから」

ペコペコ頭を下げ合う。う～ん。日本人って感じ。彼の恰好からは鶏っぽさは消え失せていた。そういえば、どういうあやかしなんだろう……。

「受領のサインをいただけますか？」

ドキドキしながらペンと紙を差し出すと、いやに達筆な文字でサインをしてくれた。

「確かにいただきました」

鞄にサインをしまう。僕はいくぶんホッとして、ぺこりと頭を下げた。

「次回もぜひ、幽世の貸本屋をよろしくお願いいたします……！」

鶏の人は鷹揚に頷くと、僕に手を差し出して笑った。

「ああ！　次もぜひとも頼む！」

「……！　あ、ありがとうございます！」

握手をする。一時は死闘を繰り広げた相手とこうしているなんて信じられない！

よかった……！　本当によかった！

嬉しすぎてじんわりと涙が滲んできた。どこか誇らしげな妹が僕に寄ってくる。

「やったね。お兄ちゃん！」

「お前のおかげだよ。ありがと、春佳」

満天の星の下、互いに微笑みを交わす。すると妹が僕の耳もとで囁いた。

「私を術で守ってくれたお兄ちゃん、とってても男らしくってかっこよかった！」

「……！」

照れ臭くって、耳がじんと熱くなった。

――こうして僕たちの冒険、もとい〝初めてのお手伝い〟は成功に終わったのだ。

＊　＊　＊

意気揚々と貸本屋に戻った僕らだけど、待ち構えていた大人たちにこってりと絞られる羽目になった。子どもたちが消えたと大騒ぎになっていたらしい。まあ、もうずいぶん遅い時間だもんね。帰ってこなかったら、そりゃ心配するよ。

「お前らやらかしたなー！　ナナシが死にそうになってたぞ？」

「ほんと〜。まっ青なナナシがちょっと面白かった！」

しゅんと頭を垂れた僕らに、金目銀目おじさんたちが元気いっぱいに声をかけてきた。

「子どもは本当に自由だな。この調子じゃ、いつかナナシの胃に穴が空くかもな」

「うわあ！　それは愉快だねえ。胃薬用意しておかなくちゃ」

「「アハハハハハ……！」」

金目銀目おじさんが笑いながら適当なことをしゃべっている。金銀の瞳の奥に非難めいた色はない。悪戯大歓迎、いいぞもっとやれと思っているのが丸わかりだ。

双子の後ろでは、清玄お祖父ちゃんが難しい顔をして仁王立ちしていた。足もとには、ぺしょんと耳を伏せたクロと、犬姿に変身した赤斑。このふたりは、僕たちに先だってみんなにさんざん怒られた後みたいだ。

「クロと赤斑は、夜ごはん抜きだからね」

「きゅうん。清玄……オ、オイラ……」

「主よ、ご無体な……！　罪を与えるなら僕に！　師匠はなにも悪くありません！」

僕らが現し世に行くのを手伝った挙げ句、危険に晒した事実に清玄お祖父ちゃんは怒り心頭だった。いつもはニコニコなのに、今日ばかりは険しい顔をしている。まあね。僕らを守ると宣言していたわりに肝心な時にいなかったからなあ……。

「う、うううう。守れるって思ったのに。鶏め！　オイラ、もっと修行しなくちゃ」

「師匠、僕もお付き合いいたします。共に高みを目指しましょう……！」

「うるっさい！　今は放っておいてよお～～～!!」

落ち込んだ様子のクロが、暑苦しい赤斑を邪険に追い払っている。意気消沈しているクロとは対照的に、赤斑はやけに生き生きとしていた。一日中クロと一緒にいられたのがよほど楽しかったらしい。うん、そうだね。赤斑はクロが大好きだもんね。知ってた。お前はそういう奴だよ……。

「ウッ！　痛ててて……！」

ぼんやりクロたちの様子を眺めていれば、耳を思いっきり引っ張られた。

「痛いよ！　引っ張らないで……ってうわあ！」

「まったくもう！　アンタたちってば……!!」

思わず抗議をすると、ガバッと妹ごと抱きしめられる。

鮮やかな緑の髪。見かけ以上にガタイのいい体……ナナシママだ。

「もおおおおお……！　お手伝いするならするで、ちゃんと言ってから出かけなさい！　アタシがどれだけ心配したかわかっているの!?」

ナナシママが号泣している。筋肉質な腕の中に閉じ込められて、苦しいったらありゃしない！　ナナシママは馬鹿力なのだ。

「うん！　こんなに帰りが遅くなるとは思わなかったの!!　ごめん!!」

泣いているナナシママに、ハキハキ謝る春佳。こりゃ、自分が悪いと思ってないな。僕もだけどさ。

「反省してないわね！　いい加減にしなさい」

ナナシママに僕らの考えは筒抜けだったみたいだ。プンスカ怒っているナナシママに、「ごめん、ごめん」とひたすら謝り続けた。

「なにはともあれ無事に戻ってきてよかった」

すると、奥から穏やかな声が聞こえた。現れたのは――お父さんだ。

「心配したぞ。クロや黒猫が一緒だから平気だろうとは思っていたが……」

幻光蝶の明かりに照らされて、白い髪が淡く光って見える。とっくに薬屋の営業時間は終わっているはずなのに、お父さんは仕事着のままだった。目の下の隈が濃い。疲れているようだ。着替える余裕がないくらい心配してくれていたみたい。ちょっと罪悪感。お母さんのためとはいえ、無茶をしたのは事実だ。

――でも、僕たちは悪意があって行動を起こしたわけじゃないし……。

心配や迷惑をかけたけど、すべてはお母さんのためだ。

それをどう説明すれば伝わるのか、人生経験が浅い僕にはわからない。

「春佳はともかく、夜月が一緒になってこういう事件を起こすのは珍しいな」

モヤモヤを隠しきれずにいると、お父さんが僕の目をのぞきこんできた。

「聞かせてくれないか。お母さんの仕事を手伝おうって思ったんだろ？」

薄茶色の瞳には、なにもかもを見通す力が宿っているように思えた。嘘は言っちゃ駄目だ。お父さんの前に立つと、いつもそんな気持ちにさせられる。

「春佳」

「お兄ちゃん」

僕は妹と顔を見合わせた。こくりと頷き、鞄からあるものを取り出す。

「これ……受領のサイン」

お父さんの手の中にバラバラと落とした。一枚や二枚じゃない。あまりの多さにお父さんはびっくりしているみたいだ。

「こんなに配達してきたのか？」

「そうだよ。僕と春佳とクロと赤斑で、つわりで大変なお母さんの代わりに、日本中のあやかしに本を届けに行ったんだ！」

両手を広げて僕らの冒険について話す。

真っ黒な巨人の神様と太宰治の話をしたこと。

玉藻前に変なちょっかいをかけられたこと。

初めての場所に行って、ドキドキしたこと。

伊勢のおかげ横丁で人酔いしちゃったこと……。

「松阪牛の特選をお兄ちゃんにおごってもらったのよ！」

「介抱してくれたお礼にね。ずいぶん高くついちゃったよ」

「ははっ。そうか、美味しかったか？」

「うん！　とっても……！」

僕たちの話にお父さんは真剣に耳を傾けている。僕らは自分たちが仕出かした失敗も包み隠さずに話した。

「神様に会う時のルールを破っちゃったんだ」

「赤斑が忠告してくれたのに、私たちが取り合わなかったの」

あやかしや神様は人間とは違う。彼らには絶対的なルールがあり、破られるのを最も嫌う。これはお父さんに教えてもらっていた。わかっていたのに守らなかった……。伊勢神宮での事件は自業自得ともいえる。

「ちゃんと貸し出しの本が揃ってるかの確認もできてなかったんだ」

「びっくりしたよね。鶏の人。コケーッて怒り出して……」

初めて体験した命の危機だった。今思い出しても震える。

「お父さんから教わった術……破られそうになったんだよ。すごく怖かった」

僕の全霊力がこもったバリアーのはずだった。なのにヒビが入っちゃったんだ！　と語れば、お父さんは苦々しい顔になって理由を教えてくれた。

「そりゃあな……。あの術はあやかしに対して絶大な効果を発揮するけど、天照大御神《あまてらすおおみかみ》の神使の攻撃には耐えられないと思う」

「天照大御神の……神使？」

さあっと血の気が引いていった。天照大御神は伊勢神宮内宮の祭神。日本神話において主神とされるすっごくえらい女神様――。そんな人の使いだったら、確かに術が破られても仕方がない。僕たちは想像以上に危機一髪だったのだ。

「……ん？」

――あの巫女さん、鶏の人の上司って言ってなかったっけ……？

嫌な予感がして、視界の中ににゃあさんを探した。あの黒猫、よりにもよって天照大御神に「アンタってその程度なの？」って訊いたってこと!? なんて暴言！ 僕が神様だったら、問答無用で天罰を落とすに決まってる！

――場合によっては命がなかったかも。心が広い神様でよかった……！

ゾゾゾ、と全身に鳥肌が立った。無事に戻ってこられたのはある意味奇蹟に近い。

「どうした？ 夜月」

青ざめた僕をお父さんが怪訝そうに見つめている。

ふるふるとかぶりを振って、今日一日で感じたことを伝えた。

「僕ね、最初は貸本屋の仕事なんて楽勝じゃんって思ってたんだ」

「ほう？」

「だけど違った。お客さんひとりひとりの決まり事に正しく対応しなくちゃ、危ない目に遭うんだってわかったよ。それに、お客さんがどれだけ本を待っているのかもわかった」

本を持っていった時、あやかしたちがした嬉しそうな顔が忘れられない！

みんな本を待ち侘びてたみたいだった。配達してよかったなあと心から思う。

それに、目当ての本が足りなかったと知った時の鶏の人の怒りよう……。期待を裏切ってしまった僕らの罪。それを絶対に忘れちゃいけない。

「僕、心のどこかで〝たかが本〟って思ってた。だけど、本って想像以上に誰かの心に寄り添って、必要とされてるんだなってわかったんだ……。ねえ、お父さん」

「なんだ？」

首を傾げたお父さんに、僕ははっきりと断言した。

「貸本屋ってすごいね。本を誰かに届けるって……すごく尊い仕事なんだ」

僕の言葉をお父さんはじっと聞き入っていた。

フッと柔らかく笑むと、頭を優しく撫でてくれる。

「その言葉はお母さんに言ってやれ」

僕は春佳と顔を見合わせると、

「「うん……っ！」」

ふたりで大きく頷いた。

「お母さん、部屋で待ってるから。無事だって報告してあげなさい」

お父さんに背中を押される。お母さんは自室で横になってるみたいだ。つわりで起き上がるのも難しいみたい。

「心配させちゃったかな……そんなつもりはなかったのに」

「ほ、本当は、全部こっそり終わらせてびっくりさせるはずだったのよ！」

焦った様子で弁明する妹に、お父さんは穏やかな笑みを浮かべた。

「夏織はわかってるよ。だって、お前たちの母親だからな」

「「……！」」

お父さんの言葉に胸が熱くなった。

一刻も早くお母さんに会いたい。会って、安心させたい！

「春佳、行こう！」

「うん！　……あっ。そうだ」

妹が鞄をゴソゴソと探り始めた。書簡を取り出して、お父さんに渡す。

「あのね、これ……お姉さんが渡してって！」

「……お姉さん？」

お父さんが不思議そうな顔をしている。すると、金目銀目おじさんが寄ってきた。

「なになに？　お姉さんってどこのお姉さん？」

「僕も興味あるな～！　夜月の初恋の相手だったりして～」

「適当なことを言うな、馬鹿」

不機嫌そうな声を出したお父さんは、書簡の中身を見て素っ頓狂な声を上げた。

「な、なんだこの大量注文……!?」

どうやら書簡の中身は、貸本屋への発注だったらしい。

紙面いっぱいに本のタイトルと貸出先が書かれている。正直、非常識な数だ。

「……なになに？『わが眷属の神々にも読ませたいので、それぞれ配達するように。併せて〝ぱんけえき〟の材料を神饌《しんせん》に加えよと豊受大御神に報せること。請求はすべて天照大御神宛に――』お前たち、なにしたんだよ⁉」

銀目おじさんが目をまん丸にして僕たちを見つめている。

――え？　僕ら、なんかやらかしちゃったの……？

「こりゃ大変だよ。天照大御神の眷属って――うっわ、エグい数だね。この貸し出し料だけで一年分の稼ぎはあるんじゃない？」

「あらら！　天照大御神はまだ顧客になってないって夏織言ってたわよね？　なかなか会えないから、神使から落とすんだ～って意気込んでたじゃない。母親を出し抜いたのね。さすがアタシの孫だわ～。将来が楽しみになってきた」

「ふむ。これはこれは……大仕事をしたねえ？　今年のお年玉は期待してもいいかもね」

金目おじさんやナナシママ、清玄お祖父ちゃんまでびっくりしている。なにを言ってるのかあまり理解できないけど、僕らはなかなかできないことをやってのけたらしい。

「春佳、お前……なにしたんだよ」

こっそり妹に訊ねれば、春佳はやや青ざめた顔で教えてくれた。

「ご本、とっても気に入ったみたいだったから、うちの店から借りればいいじゃない！って、他のおすすめタイトルを添えて伝えたの。そしたら手紙を書いてくれて……」

どうやらすべて妹の仕業らしい。無自覚でとんでもないことをやり遂げるなんて。やっぱり、僕の妹は周囲を巻き込んで大変な事件を引き起こす奴なんだ！

「だ、駄目だった……？　私、お母さんに怒られるかなあ」

不安げな妹が目に涙を溜めている。大好きなお母さんに嫌われるんじゃないかと、気が気じゃないいんだろう。

「駄目じゃないよ。お母さんに報告しよう。きっとびっくりする！」

力強く言い放った僕の言葉に、妹の顔がぱあっと明るくなった。

「本当？　サプライズ成功かな？」

「ああ！　きっとサプライズ成功だよ！」

僕たちはにんまり笑い合うと、手を繋いでお母さんの部屋を目指して駆け始めた。

お母さんになにを話そう。ちょっぴり怒られるかもしれないな。だけど、最後は笑顔になって「さすがは私の子どもたち！」ってハグしてくれるに違いない。

僕たちは胸を高鳴らせながら、胸いっぱいの達成感を携えて——元気よく階上へ向かったのだった。

閑話　陰日向に笑う

鈍色の空から大粒の雪が落ちてくる——そんな夜だ。

暮れが押し迫る東京の町は年末商戦の華やかさとは裏腹に、どこか灰色じみた雰囲気を醸し出していた。

一見、華やかに思える東京は戦場だ。目には見えないものの、コンクリートジャングルの至るところに、力尽き地に伏せる大勢が溢れかえっている。成功者はごくごく一部——彼らは山のようにうずたかく積まれた死体の上で、今日も美酒を呷《あお》っているのだ。

ああ！　東京の魅惑的な毒々しさ。死物に寄生し糧を得る粘菌類のようじゃないか！

死体を足蹴にしながら大都市が艶やかに咲き誇る様は、一種の芸術のようにも思える。

今日も今日とて甘い匂いを放ち、新たな犠牲者を待ち構えているのだ——。

もちろん、東京の実態を知りながら足を踏み入れる輩だっている。

なにせ東京の強者たちは、物語の〝主人公〟といわんばかりの輝きを持っていた。

誰だって一度は主役に憧れる。

〝主人公〟にさえなれれば、苦労の果てに成功が約束されるのだから。

だから、そこが死地かもしれないと知りながら危険を冒す。

私——河童《かっぱ》のあやかしである遠近も、かつてはそのひとりだったように思う。

熱い野望と強い希望を胸に故郷を飛び出したのだ。

燃えたぎるような情熱は……そうそう長く続かなかったけれどね。


「今年も終わりだねえ」

東京都港区新橋《みなとくしんばし》を訪れた私は、くたびれた屋台の中で熱燗を啜った。

排気ガスで薄汚れたビニールカーテンが、冬の寒風にゆらゆら揺れている。裸電球に照らされ、ふわりと立ち上るおでんの湯気が黄金色に色づいていた。

「年が終わるくらいなんじゃ。別にそう珍しくもあるまい」

私の言葉に釣れない返事をしたのは、あやかしの総大将ぬらりひょんだ。

今日は、日本人離れした顔立ちをしている。銀髪に青い瞳、いかつい肩、ツンと尖った鷲鼻は、ウォッカを愛する国出身だと言われても違和感がないくらい。ぬらりひょんは会うたびに姿が違うあやかしだ。なるほど。今日は飲みたい気分なのだろう。息も凍る極寒の北国出身の人々は、弾丸でさえ撃ち抜けない鉄の肝臓を持つイメージだ。

「急に呼び出したかと思えば、どうにも機嫌が悪そうだねえ」

「当たり前のことを言うからじゃろう。時は巡り、巡りゆくもの。お主も儂も、何度同じ季節を迎えた？　ついこないだまで春だった気がするんじゃがの」

唇を尖らせたぬらりひょんは、コップ酒の中に大量の一味唐辛子をぶちこんでいる。エグいなあ。手っ取り早く温まりたい時にはいいけど、総大将がする飲み方かなあ、それ。

「おやまあ。気に障ったなら謝るよ！　気分よくいたいじゃないか。なにせ――」

屋台内を眺める。黄ばんだビニールカーテン、脂が染みついたカウンター。やや傾いだ天井……。ずいぶんくたびれている。廃材で作ったと言われても納得できるほどだ。

「こんな味がある店で過ごすんだから」

にっこり。笑顔を絶やさないままハンカチでカウンター上を払う。屋台の親父が顔を新聞紙の裏に隠した。機嫌を損ねてしまったかもしれない。とはいえ、コートの袖が汚れるのは勘弁してほしい。

「ククク。お主には不釣り合いな店だったか？　どこぞのバーがよかったかのう」

「いやいや。気取ったバーで飲む酒もいいけどね。都会の臭いに目を瞑って、道端で啜る安酒も悪くないさ」

「……お前、そのうち屋台の親父に刺されるぞ？」

「アッハッハ！」

豪快に笑って、やや温《ぬる》くなった酒に口をつける。意外と味は悪くない。酒精に刺激された胃が、途端にきゅうと小さく悲鳴を上げた。

「大将！　おでんが食べたいな。適当に見繕ってくれる？」

「あいよ」

キビキビと動き出した大将に笑みを浮かべ、いやに屋台に馴染んでいるぬらりひょんを見遣った。カウンターに林立する空のコップを眺めて、たまらず呆れた声を出す。

「今日はどうしたんだい？　君ってばこういう飲み方をするタイプだったっけ？」

「うるさいわい。大将、大根をひとつくれ」

「あいよ」

ゴトン。おでんが入った皿を私の前に置いた大将は、続けて鍋に菜箸を差し入れる。出汁がよく染みた黄金色の円柱が引き上げられ、ほかあと白い湯気が立ち上った。じっくり煮込まれて半透明になった大根はなんともそそる色をしている。おやおや。店構えはボロっちいけれど料理は極上な予感……。

「いつでも上機嫌でいられるなら、どんなによかったか……」

大根に目を奪われていれば、目もとをほんのり染めたぬらりひょんが、呂律が回らない様子でぼやいたのがわかった。

「君らしくないねえ。珍しいじゃないか」

「儂が愚痴って悪いか」

「別に構いやしないけどね……」

ブツブツ文句を言っているぬらりひょんをよそに、いそいそとおでんに箸をつけた。大根に箸を入れれば繊維を感じさせないほどの柔らかさ。トロトロと汁がこぼれる様をまったり眺め、和からしをたっぷりと添えて――。

「ほふっ……」

噛みしめれば、口の中いっぱいに汁があふれてきた。出汁が芯まで染みた大根の滋味と言ったら！　優しい味に思わず顔が緩む。うん。やっぱりおでんは大根に限るなあ。

「ぐぬ……」

うめき声がしたので隣に目を遣った。からしがツンとしたのか、ぬらりひょんの端正な顔が歪んでいる。おやまあ。総大将にしては珍しく間抜けだ。

「さすがのぬらりひょんもからしには弱いようだね？」

内心の驚きを押し隠し、笑顔と共にお手拭きを差し出せば、涙目のぬらりひょんにジロリと睨みつけられた。

「当たり前じゃろうが。儂をなんだと思っておる」

「完全無欠の総大将？」

「ホッホ！　それが事実なら、年の瀬に苦い酒を飲んではおらぬよ」

ぬらりひょんは疲れた様子だった。吐息と共に漏れた声には哀愁が漂っている。どうやら話を聞いてほしいようだ。仕方がないので、あからさまな誘いに乗ってやる。

「なにかあったのかい？」

私の問いかけに、ぬらりひょんは嬉々として答えた。

「またぞろ種族間の抗争が始まってなあ……。儂が事実完全無欠だったならば、そもそも争いを起こさせやしないさ」

「……ああ。土蜘蛛《つちぐも》の？　あそこはいつもどこかと争ってるよね。大変だ」

「おうよ。今度は狐に手を出しおった。過激派が多いからやめておけと忠告したのにも拘《かか》わらず、じゃ。若いのが暴走したらしくてなあ。現し世と幽世の狐を巻き込んで大騒動に発展してしまった。……困ったものよ」

「へえ」

ブツブツ文句を言っているぬらりひょんをじっくり見つめる。

あやかしの総大将であるぬらりひょんは、いつだって幽世中を飛び回っていた。すべては幽世の安寧を守るため。常夜の世界の平和が保たれているのは、すべてぬらりひょんの尽力によると言っても過言ではなかった。

「大変だね。……誰に頼まれたわけでもないのに」

意味深に微笑んだ私に、ぬらりひょんは眉根を寄せた。

「誰に頼まれなくともそうするだけじゃ。儂がぬらりひょんである以上は、われらの世界を守り続ける。儂という存在はどうあがいても〝総大将〟だからだ」

なんとも因果な発言に、私はたまらず眉をひそめた。

ぬらりひょんはあやかしの〝総大将〟である。

誰がはじめに言ったのか、ぬらりひょんにすらわからない。わからないが、あやかしは己の存在を表す言葉が紡がれたなら、そうあろうとするものだ。小豆洗《あずきあら》いは川で小豆を研ぎ、豆腐小僧《とうふこぞう》は夜な夜な豆腐を売り歩き、ぬりかべは人々の行く手を遮る――。津軽海《つがるかい》峡《きょう》を眺めて、日々涙をこぼし続けている黒神もそうだ。すでに嘆きの心を持たないのに、泣き続ける神だと〝定義〟されたせいで、今もなお泣かずにはいられない。かつて、伝聞や伝承でしか存在を知られなかったあやかしならではの〝習性〟とでも言おうか。世の人々がぬらりひょんを総大将と思い続けている限り——どんなに辛かろうが、目の前の男はあやかしの長であろうとする。

——面倒な〝業〟を背負っちゃってまあ。

その点、私は気楽だ。河童に対する人間の認識は過酷な使命を与えるほどではない。

——まあ。それもどうなんだって感じだけどね……。

苦い笑みを浮かべて酌をしてやった。

「ま、それなら仕方ないよね。お疲れ様」

軽い調子で労いを口にした私に、ぬらりひょんは苦々しい顔になる。

「お主もやるか？　苦労も多いが、なかなか楽しいぞ」

「はい？」

たまらず変な顔になった私を、ぬらりひょんはまっすぐ見つめている。

「共にあやかしを牛耳ろうではないか。どうじゃ、考えてみんか？」

いやに真剣な口ぶりだ。青色の瞳は本気のように見える。

「……まさか、ここに私を呼び出したのはそのため？」

おそるおそる訊ねると、ぬらりひょんは白い歯を見せて破顔した。

「そうだ。現し世と幽世で管理を分けようかと思ってな」

　時代の流れに従って、あやかしの暮らしは多様化してきている。幽世に移住する者。人里離れて秘境に隠れ住む者。人間に紛れて暮らす者――。トラブルも増えていると聞いた。今回の土蜘蛛と狐の抗争の件だってそうだ。

「さすがの儂もくたびれた。現し世をお前に任せたい」

　ぽつりと放たれた爆弾発言に、変な汗が滲んだ。勢いよくかぶりを振る。

「……と、とんでもない！　重すぎる。ただの河童だよ。私は」

「嘘を言え。現し世で暮らすあやかしで、合羽橋《かっぱばし》の遠近の名を知らない者はおらぬ」

「いやいやいや！　だからといって、君のように仕事ができるとは限らないだろう。人には分不相応というものがある！」

　断固拒否！　情報を広めるのが容易な現代、あやかしを新しく〝定義〟するのは簡単だ。黙っていたら、合羽橋の遠近は現し世の総大将……なんて噂を広められかねない！

　たらりと冷たい汗が背中を伝う。正直、勘弁してほしかった。私は自由に生きるんだ。ぬらりひょんのように他人のためにあくせく働いてたまるか。せっかく――自分の中で折り合いをつけたというのに！

　グッと奥歯を噛みしめる。笑顔を貼りつけてぬらりひょんを見つめた。

　ここが正念場だ。私に現し世を任せるなんてとんでもないと思わせてみせる。

「確かに、現し世のあやかしたちの面倒は見ているがね。総大将のようになりたいなんて欠片も思ったことはないんだ。なにせ……私はそういう器じゃない」

「器？」

首を傾げたぬらりひょんに、言葉を慎重に選びながら言った。

「そう、器だ。なにかを成すべき人物には、それなりのバックボーンがある。彼らは一様に、物語の〝主人公〟になれるほどの存在感を有していると思わないか？　たとえば——東雲や玉樹《たまき》のようにね」

もうこの世にはいない友の名前を口にすると、郷愁がこみ上げてきた。

彼らの人生は、あがいてあがききったものだったように思う。

贋作として生まれながら、偽りの言葉に飾られて付喪神《つくもがみ》にすらなった男と。

愛する妻と共に生涯を絵に捧げ、不老不死を得て死ぬ方法を探し続けた男。

まったく違う生い立ちを持ったふたりは、手と手を取り合って幽世初の本を作るまでに至った。ふたりが成した仕事の成果は大きい。人間社会との隔離によって語られる機会が激減したあやかし世界に、光明を灯したと言っても過言ではない。

これをドラマチックと言わずになんと言おう！　一番近いところで、彼らの偉業を見てきた私が言うのだから間違いない。ふたりは実に〝主人公〟にふさわしい生き方をしてきた。彼らの偉業や業績は語り継がれ、いずれは伝説となるのだろう。かつての英雄がそうであったように。それに比べたら、私の生はなんて平凡だろうか。

「私には長々と語るほどの〝ドラマ〟がないんだ。覚悟も気概もない。残念ながら、私に現し世をまとめられるとは思えないんだ」

にこりと笑んで酒を啜った。じんわりと喉が熱くなるが、そう長く保つものではない。喉もとを過ぎればなにもなかったかのように熱が去っていく。熱しやすく冷めやすい。私の人生を表しているようだ。

「確かにねえ、商売人として成功はしてる。あやかしで私のように成り上がった例は他にあまりないだろうし、他人よりいい生活をしている自覚はあるんだよ。だけどね、私の生は実に平坦だった。波風すら立たなかったんだ。〝主人公〟足りえるような劇的な出来事なんてなかった。そんな私が、君と同じ舞台に立ったらいけないと思う」

訥々《とつとつ》と語る私に、ぬらりひょんがぽつりと訊ねた。

「遠近の生まれはどこであったか――」

「四万十《しまんと》の辺りだよ。あそこらへんは河童の産地だ」

ふと思い立って座り直した。お銚子を差し出しながら笑顔で提案する。

「よかったら聞いてみるかい？　私の半生を。納得してくれると思うんだ。現し世を任せちゃ駄目だって。実に退屈な話になりそうだけどね」

戯けて語る私に、お猪口《ちょこ》を手にしたぬらりひょんは「ぜひとも」と頷いた。

とくとくと透明な酒が杯の中に満ちていく。ゆらり、裸電球の明かりを映した水面を眺めながら、私は遠い過去に想いを馳せた。

＊　＊　＊

日本最後の清流とも呼ばれる四万十。私はそこで生まれた。

天高く大河が滔々と流れる大地には、太古より大勢のあやかしが棲んでいる。私もそのひとり。大勢いるうちの——特別でもなんでもないごくごく普通の河童。

別に人間から河童になったわけでもない。生まれた時から人間とは違う生き物で、四万十の流れの中で、時々人間を川に引きずり込んだりしながら、のんびり暮らしていた。

今から何年前の話だろう。歳を数えるのはとうの昔に止めている。人々の口に上る〝都〟が、東京ではなくて京都を指していた時代であったのは確かだ。

故郷は好きだ。特別美しいと思う。

東京を灰色と称するならば、四万十は透明だ。

柔らかな日差しを取り込み、キラキラ、眩《まばゆ》いほどに輝いて。埃っぽさはまるでなく、良い意味で飾り気がない。なにもかもが素のままで存在している。曇りひとつない世界——。

四万十に流れる澄み切った清水は、あらゆるものを受け入れ、泰然とそこにあった。

「素晴らしいところじゃないか。だのに、お主は故郷を捨てた」

ぬらりひょんは意味深な言葉を私に投げかけた。

「普通、満足していれば外へ飛び出そうとは思うまい。だが——お主はここにいる。透明さとはほど遠い東京に根ざした。お主が普通の河童じゃなかったからではないか？」

よほど私を〝普通〟にしたくないらしい。必死である。自分の仲間に引き入れたいのかもしれないが……正直、これぱかりはどうにもならない。

「いやいや。それこそが私がありふれた河童であるという証明だよ。田舎者はもれなく都会に憧れるだろう？　そういう風に世の中はできている」

「お主もそうであったと？」

「ああ！　間違いないよ。私は故郷の美しさに満足しながらも、ただ綺麗なだけの光景に飽き飽きしていたんだ――」

四万十を出て、都へ出ようと決心したきっかけは覚えていない。噂話に興味をそそられたのかもしれないし、水の中から人間が話す都の話を隠れ聞いて憧れたのかもしれない。

ともかく都へ行こうとばかり思っていた。絢爛豪華で、田舎では手に入らないすべてを得られるという都ならば、刺激的な生が送れるのだと無邪気に考えて。

「あの頃の私はね、故郷の四万十にはなにもないと思っていた。すべてが存在しているのは都で、ここではないと密かに絶望すらしていたんだ。実に愚かだね。変わりばえのしない現実から逃げ出したくて仕方がなかっただけ」

退屈は人を殺すとはよく言ったものだ。人間よりも遥かに長い時間を生き、更には娯楽を持たないあやかしが暇を持てあました結果、暴挙に出たという……それだけの話。むしろ若気の至りと表現した方が近い。

「思えば、無駄に行動力だけはあったね。妄想で終わればよかったものを、ある日、川沿いを歩く旅商人を水中に引きずり込み、殺して成り代わってしまった」

たまたま通りがかった商人を手にかけたのだ。荷物と馬を手に入れ、人間に化ける。当時の私にとっては最も手っ取り早い方法だった。

「うっわ。エグいのう」

ぬらりひょんが眉をひそめた。クックツと「心にもないことを」と笑う。

「あやかしなんてそんなものじゃないか！　君が一番よくわかってるだろうに。常に人間に近い場所にいて、搾取するのはいつだって人間の持ち物。それがあやかし」

「……まあ。間違いない」

当時の私には罪悪感なんてこれっぽっちもなかった。むしろ、商人の着物の色が地味で不満に思ったくらい。すっかり人間に化けた私は、馬を連れて都を目指した。行く先々で商売をしながら――物見遊山みたいで楽しかったなあ。

「苦労しただろう。あやかしが人間の世界に馴染むには時間がかかる」

「そうだったらよかったんだけどね……」

じっと私の話に聞き入っているぬらりひょんに、ニィと悪戯っぽく目を細める。

「私には商売の才能があったらしくて。トントン拍子に財を築いていったんだ。自分の才能が恐ろしいよね！」

「うへえ。嫌味じゃのう……。少しは謙遜《けんそん》したらどうじゃ」

「いやいやいや。これはまぎれもない事実だもの！　仕方ないよ」

「それはそれは。順調なのはなにより。楽しかったじゃろう。世界が変わったように感じたのではないか？」

　私は大きく頷いた。

「ああ！　本当にそうだね。川の中で空を見上げていた頃には、想像できないくらい刺激的な日々だった。物語の〝主人公〟になった気分でね。日本中を商売して回った。情熱的な恋もした。大勢友人を作ったよ……。正体を隠して人間社会に紛れ込むスリルったらなかったね。自分が――〝特別な〟誰かになれた気がして。とても気分がよかった」

　しみじみと呟いた私に、ぬらりひょんは怪訝そうに眉をひそめた。

「いかにも己が特別ではないと言いたげじゃのう」

「ハッハッハ。さっきから言っているじゃないか。私は〝主人公〟にはなれないし、残念ながら〝主人公〟ではなかったんだ――」

　お猪口の縁を指でなぞる。じわじわと胸中に苦いものが広がっていく。

「……これぞ〝主人公〟だろうと思う人物に出会って、思い知ったんだよ」

　あれは確か……江戸時代末期。私は生涯の友と呼べる人物と出会った。

三井《みつい》八郎兵衛《はちろべえ》高利《たかとし》――後の日本三大財閥のひとつ、三井財閥の祖となった男だ。才気にあふれた男だった。出会えて良かったと心から思う。だけど――。

　あの男は、夢見がちだった私の頭を否が応にでも醒めさせてくれた。

「初めまして。アンタが遠近さんですか」

なんてギラギラした目をしているのだろう。

高利の第一印象はそれだった。

今は雑貨を扱っている私だが、当時は呉服屋を営んでいた。あやかしは長命だ。短命な人間にはできない人脈づくりが可能だ。特技と言ってもいいかもしれない。人脈を活かした商売で、当時の私はそれなりの地位を築いていたんだ。アイツと出会ったのは京都。と言っても店は江戸にあったんだがね。当時、江戸の一流の呉服店はたいがい「江戸店《えどだな》持ち京商人《きょうあきんど》」のもので、例に漏れず私もそうだったから、同じような境遇の高利と話す機会があった。

「えらい顔が広いと聞きました」

「ああ、そうだね」

「国中あちこちで商売されていらっしゃるとか。話を聞かせてくれまへんか」

高利が口にしたのは京でも名の知れた料亭だ。そこで私と話がしたいという。商人の間で人脈は金にも等しい。当時の私は、自分が〝主人公〟のひとりだと信じ込んでいたから、こういう誘いも頻繁にあった。私と繋がりを持ちたいという人物は山のようにいて、
嬉々として彼らと食事に行ったものだ。義務のように感じていた節もある。

「ふむ……」

いつもならふたつ返事で了承する事案だったが、この時ばかりは即答できずにいた。

それは目の前にいる高利という男の評判のせいだ。

高利はつるりと剃髪した五十代の壮年の男で、一見すると好々爺のように見えた。だのに、見かけとは裏腹に同業者から蛇蝎のごとく嫌われている。それは、伝統を重んじない革新的な商売をしていたからだ。

当時の一流の呉服屋は、あらかじめ顧客の注文を聞いて届ける「見世物商い」と、反物を顧客の屋敷に訪れて販売する「屋敷売り」が主流だった。支払いは年二回に分けて支払う「二節季払い」か、年一回の「極月払い」。掛け売りが基本で顧客は裕福な家ばかり。

なぜなら、万が一にでも代金を回収できなかった場合の保険として、反物に掛け値をつけて割高にしていたからだ。結果的に値段がつり上がり、庶民には手が届かないばかりか、店を運営する側にも潤沢な資金を必要としていた。

そこに一石を投じたのが高利だ。

支払いは現金のみ。反物も一反単位ではなくて必要な分だけ切り売りする。掛け値が乗らないから、もちろん他の店よりも安価となる。

現代の商法にも通じる「店先売り《たなさき》」――。

元々場末の呉服店などで行われていた手法だった。それを、一流の店が集まる江戸の本《ほん》町一丁目《ちょういっちょうめ》でやらかしたのだ。

安価な反物は江戸庶民におおいに受けた。流行の変遷が激しい江戸の話である。オシャレに敏感な江戸っ子たちは高利の店にわれもわれもと押しかけているらしい。

一日の売り上げ百五十両――。莫大な利益を生み出している高利の店だったが、同時に同業者からの反感も買っていた。先ごろも、高利の店について老舗の商人たちから愚痴を聞かされたばかりだ。

――商人としての腕や勘は確かな男だ。正直、興味はある。だが、親しくすれば、今まで築いた信頼を失うかもしれない。どうしたものかな……。

「おや」

黙りこくって思案している私に、高利が興味深げな声を出した。

「アンタも他の商人と同じですか」

高利の言葉に、私の自尊心がチリついた。他の商人と同じ？　そんなわけがない！

当時の私は、高利と同じように己を改革者だと自負していた。高利と違う部分をあげるとすれば、他の商人とも上手くやっていた点かな。

だから、その他大勢と自分を一緒くたにするような発言を看過できなかった。

「同じとはどういうことだい？　ぜひ君の意見をじっくり聞かせてほしいな」

笑顔の下に苛立ちを隠しながら、高利の誘いに乗った。この油断ならない男と縁を結ぶと宣言したのと同意だ。

「アンタならそう言ってくれると信じてましたわ！」

瞬間、高利の目がキラリと光ったのは今でもありありと覚えているよ。

じっくり話してみると、高利という男は実に面白い男だった。話が巧みで、親しみやすい。かといって、全身から〝成功者〟のオーラをひしひしと感じる……底知れない男。

いかにも〝主人公〟的な男だ。天にあふれんばかりの才能を与えられた愛し子と言い換えてもいいかもしれない。彼こそ後世に渡って語り継がれるに足る傑物だ。とても興味深い。私は幾度となく高利と同じ卓を囲み、いろんな話をした。

普通、人は延々と受け継がれてきた伝統を崩そうとは思わない。革新的なアイディアが浮かぼうとも「前例がない」「誰かから反感を買う」からと諦めてしまう。ぬるま湯は心地いいからね。誰かが敷いたレールの上を走るのはなにより楽だ。進んで荒野を行こうとする人間はよほどの変わり者か――。

どんな境遇にもめげない、鋼鉄の心を持った開拓者かのどちらかだ。

高利という男は開拓者であったらしい。

慣習や伝統に疑問を持てる柔らかな頭をしていて、いつも現状を嘆いていた。

「ああ、けったいやなあ！　もっともっと儲かる方法があるのに、みんな他と足並み揃えるためにわざと見ない振りをしている。そんなの我慢できまへん！」

高利は実に思い切りのある男だ。恐ろしく貪欲で、商売に関しては執念すら感じる。その原因は、おそらく彼の若かりし頃にあった。

元々高利は、伊勢松坂で酒や味噌を商う越後《えちご》殿の酒屋の四男として生まれた。幼い頃より商才が際立っており、長兄が開いた江戸の店を任された際、十年間で元金の十数倍の銀を稼いだという。勢いに乗った高利は自分の店を持とうとした。しかし、高利の才能を危ぶんだ長兄に邪魔されて故郷に戻されてしまったのだ。

当時、江戸は隆盛を誇っていて、商売人であれば誰しも一旗揚げたいという野望を持っていた。だのに——働き盛りであろう日々を故郷で浪費した高利は、長兄が亡くなる最近まで江戸に店を出せなかったのだ。高利はすでに五十二歳。世間一般でいう晩年。江戸の店を成功させようという、なみなみならぬ思いがあっただろうことは想像に難くない。

一度、高利に訊ねてみた。

「君が、手段を問わずに苛烈な方法でもって商売に臨むのは、かつて江戸に店を出せなかった鬱憤を晴らそうとしているのかな?」

思えば、ひどい問いかけだよね。私だったら他人に訊かれたくないよ。

……とはいえ。高利の商売は、わざとライバルの精神を逆なでしようとしているのかと勘ぐりたくなるほど無茶苦茶だった。だから含みのある言い方をしたんだ。同業者に愚痴を聞かされるのにも飽き飽きしていたしね。いい加減に波風を立てるのをやめるんだ、みんな迷惑しているんだからと忠告したつもりさ。

私の言葉の裏に潜む意味を、高利は気づいていただろう。

だけどアイツは不敵に笑ったんだ! 飄々として、まったく悪びれる様子もない。

「鬱憤? そんな心構えで商売なんてできるわけがありまへん。お客様が安心して商品を買える。できれば財布に優しい値段であればなおよい。お客様もニコニコ。私らはもっとニコニコ。それでええやありまへんか」

商売はあくまで客相手の仕事だ。だから過去や商売敵は関係ないという。

高利は、まるで己の仕事を誇っているように見えた。

まったく理解できなかったよ。話だけ聞けば、至極もっともなように思える。だけど、高利の店が置かれている状況を考えたら——そうは言っていられないはずだった。

「ずいぶん余裕じゃないか。江戸中の呉服商からそっぽを向かれたと聞いているけど？」

アイツはとんでもない相手を怒らせたらしい。それは松屋《まつや》だ。越前松平《えちぜんまつだいら》家の御用達の店。松平家の者が、高利の店の廉価ぶりを知って商品を買い求めたそうだ。御用達の店があるにもかかわらず、だ！　商人にとって、絶対に許容できる話じゃない。

寄り合いの席で、松屋は面と向かって高利の店の者を罵倒した。当たり前だよ、少しずつ積み重ねてきた実績を、新参の——それも破天荒なやり方で好き勝手している相手にかすめ取られたんだよ？　松屋の怒りはもっともだろう。

それからというもの、松屋を始めとした本町の商人たちは、高利の店を目の敵にするようになった。江戸中の仲間に声をかけて仲間はずれにしたんだ。

まあ……高利にはあまりダメージを与えられなかったみたいだけど。

「うちの商売の基盤は京都です。江戸の呉服商の世話にならんでも、別の場所から仕入れればいい話。なんとでもなります」

高利は涼しい顔をしていた。内心は違ったかもしれないけどね。商売に理解がある奥方の支えもあったのかもしれないいな。

どんなことをされようとも、高利は己のやり方をけっして変えようとしなかった。高利の店への嫌がらせは日に日に激しくなっていったみたいだね。

……正直、ゾッとしたよ。聞けば聞くほど恐ろしくて震えてしまった。

本町の商人たちは、江戸の奉行所に営業妨害で申し出をしたらしい。あそこの商品は、古物を染め直した粗悪品だと噂を流したりね。勤め人を引き抜こうとすらしたそうだよ！店の内情を知りつくし、店を切り盛りする勤め人は商人にとって一番の財産だ。それを引き抜くなんて……人道にもとる行為。自分がされて一番嫌なことを憎き商売敵にする。……彼らの心は、鬼にでもなってしまったのかな？

「辛くないのかい？」

店の台所の近くに、嫌がらせで共同便所を作られてしまったと語る高利に訊ねたね。アイツは笑い話のつもりなんだろうけど、もし自分がされたらと思うと、身の毛もよだつ話ばかりだったから。

だけど、高利はつるりとそり上げた頭を撫でながら、笑ってこう言ったんだ。

「それだけ自分らの商売が強いってことですわなあ。見ててくださいよ。今、文句を言っている奴らもうちのやり方を真似せざるを得なくなる。それまでの辛抱ですわ。覚悟はあるつもりです」

パチン、と茶目っけたっぷりに片目を瞑る。

「それに、いつだってお天道様は見ていらっしゃる――。悪行にはそれなりの見返りがあるもんです」

強い。本当に強いなあ。感心したのと同時に、少し怖くなってしまった。

〝主人公〟に足る人物と、彼に仇をなす悪役。私が物語を紡ぐ立場であったなら、話を盛り上げるためにも悪役に盛大な天罰を下すだろう。なにか恐ろしい出来事がこの先に待っているんじゃないか……そんな予感がしたんだよね。

普通に考えたら、なんの根拠も脈絡もない妄想だ。

だけど——天に愛された〝特別な〟存在の前には、妄想すら現実になりうる。

実際、神は一陣の風を吹かせた。それも大量の熱を含んだ炎の嵐をね。

天和《てんな》二年（一六八二）——十二月二十八日の昼、後に「お七《しち》火事」と呼ばれる大火事が起こった。木造建築ばかりの江戸は、冬の空風もあって勢いよく燃えたらしい。本町も炎に呑み込まれ、高利は店を失ってしまった。もちろん高利だけじゃない。彼に嫌がらせをしていた他の店だって同様だ。

……ねえ、まるで天罰が下ったみたいじゃないか？

彼らが、高利に嫌がらせをしてまで後生大事に守りたかった店は灰になってしまった。

高利の店も被害は受けたけれど……彼にだけは追い風が吹いたんだ！

高利は常々、本町以外の新天地で新しく店を構えたいと考えていた。店が燃えるのは惜しかったろうが、新しい場所で商売を始めるにはいい機会だった。だって、本町じゃあ便《い》所《やが》の臭《らせ》いがひどすぎてろくに飯も食えやしない。

みんなが焼け跡で消沈している中、高利は密かに買い求めていた駿河町《するがちょう》の土地に新しい店を建てたんだ。ピカピカの大店さ！　誰よりも一番に呉服店を開店させた！　しかも、しかもだよ？

『現銀安売掛値無』

と、大々的に銘打った引札《ビラ》を大量に配ったんだ！

当時、看板や暖簾なんかは浸透していたみたいだけど、さすがにビラを配った店はなかった。まぎれもなく日本では史上初の戦略だ！　大火で焼け出され、着る物すら苦労していた江戸の人々は高利の店に殺到したそうだよ。

結果、高利の店はますます栄えた。それもそうだ。商品にはすべて値札がつけられて、老いも若きもすべての顧客を歓迎するのが高利のやり方だ。お得意様、裕福層だけをターゲットにしている他の店が太刀打ちできるわけがない。

嫌がらせは続いたようだけど、高利の店が幕府御用達になった途端、なりを潜めたみたいだね。高利の商売の仕方は、彼の言葉どおりに後の江戸商人のスタンダードになった。

まさに完全勝利だ！

——私はね、そんな彼の成功譚をずっとそばで見ていたんだ。

高利との付き合いは、彼が亡くなるまで続いた。ほんの二十年ばかり。私からすれば、瞬き程度の短い期間だったけど、思い返すだけで身震いするよ。彼の人生は、伝説といえるほどに劇的だったから。

――ああ。こういう人物が〝主人公〟なんだな。

高利を見ていて、私はしみじみ実感した。

そして――己の人生を振り返ってみて思い知ったんだ。

自分は〝主人公〟に足る人物じゃないって。

＊＊＊

「おまち」

ことん、と目の前に皿が置かれた。ぷん、と香ばしい匂いが鼻孔をくすぐる。炙《あぶ》りエイヒレだ。黄金色の身が、裸電球の柔らかな光を浴びて輝いて見えた。

「……で、当時の私は打ちのめされたというわけだ。自分の人生の平坦さに！　それと――己の覚悟のなさにね」

熱々の身を苦労して千切る。そっと口の中に放り込めば、シャキッと心地よい歯ごたえ。みりんの甘みに、噛みしめるほどに増すうまみ。焦げの香ばしさ……ああ！　日本酒が恋しくなる味。たまらず残っていた酒を喉の奥に流し込む。

「覚悟ねえ」

じっくり煮込まれたちくわぶに齧り付いたぬらりひょんが、横目で私を見た。

「そんなものなくとも〝主人公〟にはなれると思うがのう」

「まさか！　よくよく考えてごらん。〝主人公〟には苦労がつきものだ。高利だってさまざまな妨害に遭っただろう？　だけど、彼は挫けなかった。鋼の精神で苦境を乗り越え――栄光を手に入れた。同じ試練が私の身に起きたらそうはいかない」

自慢じゃないが、私はそれほど強くない。高利がされたような嫌がらせを受けたら、信念を曲げてでもトラブルを回避しようとしただろう。特に私はそうだ。

「私はね、いつだって波風が立たないように生きてきた。人間に化けた時だって、一番にしたのはしきたりを知る所から。変革は望まず、迎合して己を主張しない……」

楽な方へ、楽な方へ流れたと言ってもいいかもしれない。

高利と出会った当時、私は自分が変革者のひとりであると思い込んでいた。だが、それもかの〝主人公〟と付き合っているうちに間違いだと気がついたのだ。私がしている商売は、元々あったやり方を少し捻った程度。工夫レベルだ。これじゃあ高利のような、開拓者のやり方に太刀打ちできるはずもなく……。

「結果的に高利は日本三大財閥の祖になった。対して私はどうだい？　一介の雑貨屋に落ち着いてしまった。完敗だよ！　チャンスは無数にあったんだ。永遠に近い時間というアドバンテージが私にはあったのに……高利のようにはなれなかった。こんな結果じゃあ、自分が〝主人公〟だなんてうぬぼれすらできないよ」

指先でエイヒレを弄りながら苦く笑う。敗北宣言。本当は口にしたくなかった。私にだってプライドはあるし〝主人公〟を夢見て上京したひとりなんだから。

「〝主人公〟にはこれからなればいい。努力するという道はないのかのう？」

私の諦めを感じ取ったのだろう。ぬらりひょんは悲しげな顔をしていた。かぶりを振って彼の慰めを振り払う。そんな考えはとうの昔に捨てている。

「無理だよ、無理！　〝主人公〟足る人物はそもそも私らと出発点が同じじゃない。生まれた時点で平々凡々な〝一般人〟とは、違う道を歩み始めているんだ」

スタートラインが違えば、たどり着く場所も変わる。彼らの歩む道は私たちが想像する以上に険しく、高みに続いているのだ。平坦な道を用意された私たちは、彼らが高い山を登っていく様を見上げるしかない。

「だから……あがくのはやめたんだ。東雲たちに出会ってますます実感した。険しい道を否が応でも進まずにはいられない彼らの姿を眺めて、可哀想にと同情すらしたよ」

自分には〝主人公〟のような生き方はできない。過酷な試練に耐えられるだけの強さもない。なんだかんだ安定した生活に満足している自分に気がついていた。なんたって気楽である。〝主人公〟じゃない人生も悪くない。

「かつての私は〝主人公〟という存在に憧れていた。だけどね、物語の登場人物になるよりも、読者であった方が楽しめると気がついたんだ」

穏やかに笑ってぬらりひょんを見つめる。

「現し世のあやかしをまとめるなんて大仕事、私のような小者には務まらないよ。勘弁してほしい。きっと私以上の適任がいるはずだ」

「…………」

ぬらりひょんは黙って私の話を聞いていた。物憂げにお猪口の中を眺めている。

「人は誰しもが〝主人公〟……なんて臭い言葉は慰めにならんのじゃろうな」

「ハッハッハ。よくわかっているじゃないか。〝主人公〟ほど特別な存在はそう滅多にいないよ。まあ、生きている以上は何かしらの役柄を与えられているかもしれないけどね」

「なるほど一理ある。では、〝主人公〟ではなかったお主は、一体なんなのかのう？」

ふむ、と遠くを見た。自分を物語の役柄にたとえるならどれだろう。

「少なくとも物語の中心にはいない〝誰か〟だと思うよ。……そうだ！　適当な配役があるじゃないか！」

懐からスマホを取り出した。ニュースサイトを呼び出し、とある記事を表示する。

「見てごらんよ」

「……なんじゃ？　学生の受賞記事のように見えるが」

「そう。これは、ある鬼才を取り上げた記事だ。弱冠十五歳にして、国内で最も権威ある賞を獲った少年――」

見事な絵を背景に、無愛想な少年の写真が掲載されている。受賞式という晴れの舞台なのに、少年の表情は浮かない。口をへの字に曲げてとても不満そうだ。

「家があまり裕福ではないらしい。幼い兄弟も多いようだよ。彼の両親の経済力じゃ、芸大に行けないだろう。専門学校に行く余裕もない。このままじゃ絵を描くのを諦めなくちゃいけない。才能があるのにね！　内心穏やかじゃないだろうねえ。目の前に広がる道は闇に閉ざされ、未来を見通すことが難しい。悔しいだろうねえ！　悲しいだろうねえ！　いかにも――〝主人公〟に用意された障害らしいと思わないかい？」

画面の中の少年を眺めて、にんまりと笑んだ。

「実は、彼に経済的援助を申し出ているんだ」

「………………。ほほう？」

意外そうに目を見開いたぬらりひょんは、まじまじと私を見つめた。

「足長おじさんにでもなるつもりか？」

「そうだよ。私は彼のパトロンになる。彼は〝主人公〟になりえると考えているからね」

「なるほどのう……」

じっとスマートフォンを眺めていたぬらりひょんは、悪戯っぽい視線を私に向けた。

「こやつ……一筋縄ではいかない性格をしているんじゃろうな。素直じゃなくて、だが変なところで義理堅い」

一度も面識がないはずなのに、まるで知り合いのように語る。

だけど間違いじゃない。コイツは昔から――捻くれた根性が顔に出やすい質だった。

「ちなみに、彼には幼馴染みの女の子がいるんだ」

「絵を描いてばかりの少年の世話を焼く？」

「ああ。そのとおり！　強情で素直じゃない少年も幼馴染みには弱いようだ。なかなか上手いこと尻に敷かれているようだよ。人としての尊厳を残しつつも、芸術家として限界まで力を出せるような……。彼女のサポートぶりには驚かされる。幼馴染みと一緒なら、いつかは後世に名を残す画家になれるに違いない。ひとりじゃ無理だろうけどね」

ウキウキと語る私に、ぬらりひょんは顔をくしゃくしゃにして笑った。

「玉樹らしいな」

「ああ！　本当に。玉樹らしいだろう？」

顔を見合わせて笑う。

そう。少年は玉樹の生まれ変わりだった。

永遠の命を与えられながら、紆余曲折を経て死という安寧を得た玉樹。どうも閻魔が張り切ったようだ。私たちの予想よりもずいぶんと早く転生したらしい。

前世は裕福な家に生まれた玉樹も、今世では金銭面で苦労しているようだ。それくらい私の力でどうとでもなる。前世と同じように大成できるかは本人の努力次第。そこまでは押し上げてやるつもりだ。そう――これこそが〝主人公〟になれなかった私ができること。

「私は、友や大切にしたい人を支える立場でいようと思う。縁の下の力持ちになるんだ。特別で、唯一無二の誰かが輝く手伝いをする……そう、私は裏方だ！」

そうだ。〝主人公〟にはなれなくとも〝裏方〟にならばなれる。私自身にスポットライトが当たるわけじゃないが、実に楽しそうじゃないか。ましてや、相手がかつての親友だったなら最高だ！

くい、と酒を呷った。ふうと満足げに息を吐く。

今日ここへ来てよかった。成すべき仕事を改めて自覚したからか、心が晴れ晴れとしている。そうだ、そうだよ。私は——誰かを輝かせたいんだ！

乾杯したい気持ちをグッとこらえ、笑顔でぬらりひょんに語りかけた。

「これから忙しくなる。アイツが一人前の画家になるまで育てないといけないからね。私は〝主人公〟じゃない。間違いなく裏方だよ。だから現し世を仕切るなんて無理……」

「なるほどなあ。間違いなく……か！　言いよるわ！　ホッホッホ」

突然、ぬらりひょんが私の肩を抱いた。ギョッとして腰が引ける。

……あ、ちなみに恋人同士がするような甘い抱擁じゃない。肉体労働者が酒を酌み交わす時のような汗臭くて力強いアレだ。つまり暑苦しい。盛大にしかめっ面をする。

「なんだい。やめてくれよ。私に触れていいのは美しい女性だけだ」

「ホッホ。スマンスマン。つい。なにせ嬉しい確信を得られたもんでなあ！」

「な、なにを確信したんだい。特に面白い話はしていないと思うけど⁉」

嫌な予感がする。ぬらりひょんは、こうと決めたら確実に行動を起こすタイプだ。なにか変なことを考えついていなければいいが……。

神に祈るような気持ちでいると、あやかしの総大将は私に熱烈な眼差しを向けた。

「正直な、儂も脚光を浴びるタイプではないのだ」

「はあ？　まだ終電には早い時間だよ。寝言はよしてくれ。総大将の癖に」

「いやいやいや！　総大将だからこそじゃ！」

上機嫌に真っ白な歯を見せて笑む。

「儂がしてきた仕事のほとんどは調停役――。可哀想にもすれ違ってしまったあやかしを繋ぐ……そんな仕事じゃよ。確かに、いがみ合う奴らの間には劇的なドラマがある。だが、胃が悲鳴を上げることはあれど、儂にスポットライトが当たるなんて滅多にない。これぞ裏方と言えるのではないか？　のう、遠近！」

「いや、えっと。その――」

思い返してみればそうだった。ぬらりひょんは〝総大将〟なんて大層な名で呼ばれているものの、あやかしたちにかしずかれるわけでもなく、厄介ごとがあるたびに泣きつかれるだけ。ヤクザの頭のように組員を大勢抱えているわけでもない。問題が解決したとして、ぬらりひょんにどんな益があるわけでもないのだ。

……なんてことだろう。まさに――ぬらりひょんは裏方だ。

どうして彼の仕事を〝主人公〟のようだと感じていたのだろう。〝総大将〟という言葉の響きだけで、派手な仕事だと思い込んでいたのかもしれない。

「き、君も大変だねえ……」

口もとが引きつりそうになりながら、そっぽを向く。絶対に目を合わせてはいけないと本能が警鐘を鳴らしていた。下手したら沼に引きずり込まれるぞ。それも非常に厄介な……面倒ごとであふれた淀んだ沼だ！

タラタラと冷や汗を流している私に、ぬらりひょんはグッと顔を寄せた。

「遠近、お主こそ裏方にふさわしいと思わぬか。財力があり、現し世に詳しい。三井財閥の何某《なにがし》に比べれば平々凡々じゃろうが、現し世におけるお主が持つ影響力は計り知れない。金があれば現し世の大抵の問題は解決できる……違うか？」

――ああ。どうしてすぐに帰らなかったのだろう。

正直、今すぐ逃げ出したかった。長々と話し込んだせいで手足が冷え切っている。おでんや生ぬるい酒じゃちっとも体が温まりそうにない。やっぱり酒を飲むなら洒落たバーがいい。場末の屋台なんてうんざりだ！

「そ、そうかもしれないね～。じゃ、じゃあ。私はそろそろお暇《いとま》しようかな」

シガーバーが恋しい。行きつけの店までの道程を脳内で素早くシミュレーションしながら、愛想笑いを浮かべて立ち上がった。財布を取ろうと懐に手を差し込むと――。

ガッと腕を掴まれてしまった。

「釣れないのう。今晩は儂のおごりじゃ。もっと話そうではないか」

満面の笑みを浮かべたぬらりひょん。ぶわっと酒臭い息が顔にかかって、うっぷと小さく嘔吐く。今さらながら、隣にいるのが酔っ払いのおじさんだとわかる。最低だ。人生の無駄遣い。おじさんと過ごす夜なんてまっぴらごめんだ!!

「こっ……こっちは特に話すことはないので！」

ぬらりひょんの手から逃れようと腕を引っ張った。だのに、総大将の手は吸盤でもつい

ている のかと疑いたくなるほどびくともしない。

「話題なら、たあああああっぷりあるぞ？　件《くだん》の土蜘蛛と狐の戦争の話とか。幽世や現し世には火種がたくさんあるからのう！」

「聞きたくない。聞きたくないなあ、そんな話！」

本題に入ろうとするぬらりひょんの声を、「あーっ！」と大声を出して遮る。屋台の大将が新聞の陰に顔を隠した。紙面が小刻みに揺れている。あ、もしかして笑ってる？　最初に店を馬鹿にした私を「ざまあみろ」って嘲笑《あざわら》ってたりする？　ごめん、謝るから。謝るから、この酒臭いおじさんから私を助けてくれませんかね!?

しかし——憐《あわ》れな私に誰かが手を差し伸べてくれるはずもなく。

「さあさ、じっくり話そうではないか。大将、熱燗を二本つけてくれ。今夜は長くなりそうじゃ……」

「やだっ！　私は帰る！　家で女が待ってるんだ！」

「ホッホッホ。見え透いた嘘を。こないだ別れたと聞いたばかりじゃぞ。……そうじゃ！　お主の通り名を考えてみたんじゃよ。必要だと思ってな。『現し世あやかし界のドン』なんてどうじゃ！　かっこいいじゃろう。往年のハードボイルド映画を彷彿とさせて！」

「ダッサ。いっ……嫌だあああああ！　そんな名前が広まるの、絶対に嫌だあ！」

「なにを嫌がる必要が？　これからお主の人生を共に歩む名じゃぞ？」

「か、勘弁してくれ……」

がくりとうなだれると、ぬらりひょんが上機嫌に笑った。

「裏方じゃからな。名前くらいは派手な方が楽しいじゃろうて」

そういうことじゃない。そういうことじゃないんだよ……！

涙目になっている私をよそに、ぬらりひょんはいやに楽しそうだ。面倒ごとを私に押しつけられそうで浮かれているのだろう。

くそう。どうしてこうなった。絶対にお前の思い通りにはさせないんだからな！

決意を固める。苦労ばかりの裏方なんて絶対にお断りだ――。

そう思ったはずなのに。

用意周到なぬらりひょんのせいで、翌週には「遠近は現し世のあやかし界のドン」だなんてふざけた噂が広がっていた。なんてこった。地獄じゃないか！

誰かに会うたび「よう！　あやかし界のドン（笑）」と半笑いで呼ばれる私の気持ちがわかるかい？　わからないだろうなあ！

無事に私という存在に新しい〝定義〟をでっち上げたぬらりひょん。

それからというもの、私は文字通り〝ドン〟として――さまざまな事件に関わっていくことになるのだけれど。これはまた別の話だ。

第六話　最後の日に

ゆるゆると目を開ければ、ふわりと眼前を光る蝶が過っていった。

そっと手を差し出すと、燐光をこぼす蝶が指先に止まる。何度か羽を閉じたり開いたりした後、前触れなく飛び立っていった。

「…………」

小さく息を漏らす。どうやら縁側でうたた寝してしまっていたらしい。

かたわらで眠っているにゃあさんにブランケットをかける。クロも一緒だ。仲良しわんにゃんコンビも、私と一緒にお昼寝していたみたい。

いまだ眠気で鈍い目もとをそっとこする。最近、昼寝をする機会が増えている気がした。夜中に頻繁に起きてしまうせいかもしれない。とはいえ、改善できるものでもないし。困ったなあと苦笑する。

空を見上げれば、数多の星々が瞬いているのが見えた。――春の空だ。ゆらゆら不安定に揺れる色がとても綺麗。ゆっくり視線を動かしていくと、大きな月を背景に陰摩羅鬼が飛んでいる。春告げ鳥が飛ぶにはいささか遅い気がする。うっとおしい雨の季節が過ぎて、もう夏の気配がし始めているくらいなのに。

――あらら。寝坊しちゃったのかな、それとも迷子かな。

寂しいだろう。心細くもあるに違いない。早く仲間が見つかればいいなあ。

そんな風に思っていると、ぺらりと本をめくる音が耳に届いた。

「あ……」

視線を巡らせて、フッと笑みをこぼす。夢中になって本を読んでいる人の姿を見つけてしまったからだ。

薄茶色の瞳が文字を追っている。かたわらに置いた行灯から淡い光が漏れていた。蝶が羽ばたくとゆらゆら光が揺れる。黄みがかった明かりを浴びて、初雪のように白い髪が闇の中で輝いて見えた。

――水明、なにを読んでいるんだろう。

ちらりと本の装丁を覗き見れば、司馬《しば》遼太郎《りょうたろう》の文字を見つけて驚く。『胡蝶《こちょう》の夢《ゆめ》』。激動の幕末、医師の観点から身分制度批判などを描いた歴史小説だ。

――東雲さんが好きだった本。難しすぎるって前は読めなかったのに。

自信満々におすすめした東雲さんが、水明に拒否されてしょぼくれていたのが印象的だった。元々読書が苦手だった水明。司馬遼太郎を読めるようになるなんて、なかなかやるじゃないか。それもこれも彼が努力した結果だ。

じわじわと胸の奥から愛情があふれてきた。うう、顔がにやける。なんだか無性に触れたくなって、座ったままジリジリと近づいていく。

「どうした？　夏織」

途端に、柔らかい瞳を向けられてムッとした。任務失敗。元祓い屋の水明の気配察知能力はまだまだ衰えてはいないようだ。

「面白いのかなって思って」

あなたに触れたかった……とは言わない。だって照れ臭いもの。にっこり笑って水明の顔をのぞきこめば、彼は小さく息を吐いて本を閉じた。手を伸ばして私のそれに触れる。表面は冷たいが、じんわり内部が温かい手。……ああ、私の本心なんて彼にはお見通しだ。

「なかなか面白いぞ。旧態《きゅうたい》依然《いぜん》な江戸で生きてきた登場人物が、西洋医学《新たな価値観》によって変わっていく様が興味深い。暴力的に移りゆく時代のただ中に放り込まれた人間は、激流に弄ばれる木の葉のように無力で――。だけど、時代を作るのは確かに人間なんだよな。なんの力もないように見えて、実は本質を担っている……」

遠くを眺める水明の瞳は透き通っているように思えた。

「世界は矛盾と偏見にあふれている。夢と現実の境目が曖昧になって、自分を蝶だと思いたくもなるのだろう」

「胡蝶の夢……」

司馬遼太郎が作品につけたタイトル。作中でも、登場人物が自分を蝶だ！　と叫ぶシーンがある。元々は、古代中国の思想家である荘子《そうし》の説話から来た言葉だ。

夢の中と現実がはっきりと区別できないこと……時には、人生の儚《はかな》いたとえとされる。

「正直、ちょっぴりわかるんだよね」

「なにがだ？」

「……自分が蝶じゃないかって思う気持ち」

——ふわり。

タイミングを見計らったように、光る蝶が飛んでいった。

わが家には大勢の人間が住んでいる。そのせいか、蝶避けの香を焚いても常に何匹もの幻光蝶が遊びに来る。幻光蝶は人間をなにより好み、時間が経てば燃え尽きるように消えてしまう。儚く、そして美しい蝶だ。

「私が現実だと思っている光景が、蝶が見た夢じゃないって誰が言い切れるのかな……」

ふと脳内に浮かんだ言葉をぽつりとこぼす。瞬間、羞恥《しゅうち》がこみ上げてきた。

ああ！　馬鹿なことを口走ってしまった。夢見がちだと水明に呆れられたらどうしてくれるの。もっと考えてから発言しろって、さんざん水明に言われているじゃない。

そろそろと視線を投げれば、ドキリとする。笑うでもなく呆れるでもなく——風のない日の湖のように凪《な》いだ瞳で、水明は言葉の続きを待っていてくれている。

「それで？」

「あの。えっと」

どうやら戯《ざ》れ言《ごと》に付き合ってくれるつもりらしい。コホン、と咳払いをひとつ。ドキドキしながら、自分の中に渦巻く曖昧な気持ちをそっと言葉に乗せた。

「最近、とみに思うのよ。君と出会ってからの日々があんまりにもあっという間で」

雨の中、血を流して倒れている少年を見つけた時、東雲さんが殺人を犯しちゃったんじゃないかって心配したなあ。

第一印象は最悪。生意気な奴！　って腹を立てたのを覚えている。

だけど、気がつけばいつも私の隣にいて。

暴走しがちな私をいつだって支えてくれていた。

いつからだろう。かけがえのない存在だって思うようになったのは。

はっきりとは覚えていない。水明に慰めてもらった時かもしれないし、他愛のない雑談中に笑い合った瞬間かもしれない。気づいた時には、隣に水明がいないと落ち着かなくなっていた。東雲さんとはまた違う存在感。誰にも代われない場所に、いつのまにか水明がぴったり収まっていたみたいな……。

そんな相手が私にできるなんて。しかも結婚しただなんて、今でも信じられない！

「人生ってね、まるで霧の中を進むようなものじゃない？」

先行きが見える機会なんて滅多にない。いつだって足を踏みはずしそうになりながら、おそるおそる前に進んでいる。常に不安な気持ちでいっぱいだ。この道は合っているのだろうかと、正解はないはずなのに、正しい道を求めてウロウロしている。

「真っ白な世界で、行く当てもなくさまよっていた自分が、君に出会えたこと自体が奇蹟だと思うのよ」

　水明の表情が和らいだ。

「奇蹟。……ふうん」

　思わせぶりに私を見つめる。「なによ」と唇を尖らせれば、

「俺としては、奇蹟というより……必然って感じだったけどな」

「ウッ……」

　想定外の発言を投げかけられ、頬がじんわり熱くなった。

　──ああ！　まったくもう。だから水明って油断できない。

　ふとした瞬間に気障《きざ》っぽい言葉を投げつけてくるのだ。しかも無自覚だから侮れない。

　コホン、と咳払いして気持ちを切り替える。今は照れている場合じゃない。

「私はそうは思えないの。果てなく続く砂漠の中を歩いていて、たまたま掴んだ一握の砂に混じっていた黄金の粒──それと同じくらい幸運だって感じてる」

　彼と過ごした時間は、春の木漏れ日のようだ。

　暖かく、なによりも優しい。確かにそこにあるのに、手を伸ばしても掴めはしない。季節の移り変わりによって失われてしまうが、再び出会えると確信している。私にとって水明はそんな存在だ。

「あんまりにも幸せすぎて。現実感が薄いんだ。そもそも、人間である私が幽世で暮らせていること自体……少し不思議で」

自分を特別だと思ったことはない。

だけど、外から見ると私はまぎれもなく特別な境遇にある。

不思議だな、と思う。面白いなと感じるのと同じくらいに……怖くもあった。

「目覚めた瞬間、まったく別の自分になっていたらどうしようって思う。たとえば……うん。この人生が濁流に呑まれた幼い私が見ている泡沫の夢だったら？　あと数秒で命を落とす運命だったら——？」

遠い、遠い過去。親戚によって、私は荒れ狂った川の中に落とされたのだという。幽世にやってくるきっかけの事件。人間の悪意が私を別世界に連れていった。普通なら死んでいてもおかしくない。

いや——本当の私は死んでいるのかも？

だから、こんな想いに駆られるんじゃないか。

「怖いなあって思うのよ。だから……胡蝶の夢に共感する。変な話だね」

くすりと笑う。自分の出生を親友である黒猫から聞いた時から、おぼろげに感じていた不安感。ここ最近、やたら強くなってきた。どうしてだろう。今がいいなら考える必要なんてないはずだ。現実が真実かなんて……ああ、馬鹿馬鹿しい。だけど考えるのをやめられない。考えずにはいられない。

もしかして、そういう時期なのかもしれない。

「ねえ。こんなことを考えるのっておかしいかなあ？」

曖昧な笑みを浮かべて訊ねる。水明は、ふいに顔を逸らした。視線を地面に落として考え込んでいる。なにか思いついたのか、私の額にそっと手を当てた。

「熱でもあるんじゃないか」

「ウッ……！　子どもじゃないんだからね！」

熱に浮かされた発言扱いには少々腹が立った。こっちは真剣なんだけど。ジロリと水明を睨みつければ、小さく肩をすくめる。

「さすがの俺も、お前を子ども扱いはしないさ」

「じゃあ……」

「だが……ふむ。確かに熱はないが」

今度は首筋に触れる。くすぐったさを我慢していれば、水明は物憂げに目を伏せた。

「少し浮腫《むく》んでいるな。脈も速いようだ」

「本当に？」

「嘘は言わない。薬は飲んだか」

「飲んだわよ！　あのにっっっっがい奴！」

「ならいい」

ほのかに微笑んだ水明は、私の手を握った。親指の腹で甲を撫でている。

「……俺は現実が夢かもなんて思いたくないな」

ぽつりと呟く。私の存在を確かめるように。何度も何度も、彼の冷たい指先が肌の表面を行き来している。

「この光景が、日の差さない土蔵の中で見た夢なら。二度と目覚めなくていい」

「……！」

息を呑んだ。陰惨な水明の過去。彼ほど現実に救われている人物はいないだろう。幽世に来る前の彼は、とてもではないが幸運であったとは言いがたい。

「ごめん」

慌てて謝れば、水明が苦く笑んだのがわかった。

「構わない」

そっと手を外して、私をまっすぐに見つめる。透き通るような薄茶色の瞳。ともすれば黄金色に見える目に射すくめられてドキリとする。

「心や体が弱った時、人は誰しも負の考えに囚われやすくなる」

「弱った？」

「ああ。最近、よく昼寝をしているだろう。体調が悪いんじゃないか。ストレスもあるだろう。あんまり無理をするんじゃない」

水明の言葉にううん、と首を捻った。夜、眠れない時はあるものの、目立って不調を感じた記憶はない。

「別に大丈夫だよ？　このとおり元気いっぱい」

ありもしない二の腕の筋肉こぶを強調すると、水明が盛大にため息をこぼした。

「本当に能天気だな。自分の状況を理解しているのか？」

「ウウッ！　そ、そうかなあ……」

「なにもわかっちゃいない。なにせ今日は――」

ドタドタドタッ！　激しい足音がする。

ハッとして振り返れば、見慣れた人が居間にひょっこり顔を出した。

「あっ！　まだ時間じゃないわよね？　間に合った。よかったわ～」

やや焦った様子で額に汗を浮かべているのはナナシだ。手には風呂敷包み。せかせかと中に入ってくると、そばにしゃがんで微笑んだ。

「夏織、着物の仕立てが間に合ったの！　さっそく着てみましょうよ！」

ぱちくりと目を瞬く。

「急がなくていいって言ったじゃない。なにもそこまでかしこまらなくても……」

ナナシに仕立てをお願いしていたのは事実だが、間に合わなかったらそれでいいとも思っていたのだ。しかし、ナナシは小さくかぶりを振ると、

「今日はアンタにとって節目の日になる。絶対に綺麗にした方がいいわ」

穏やかで優しい笑みを浮かべた。

――節目の日。確かに……今日はいつもと同じじゃない。

「……う～ん。ナナシがそこまで言うのなら」

「よかった！　とっても素敵にできたのよ。水明、衝立を持って来て！」

「……まったく。人使いが荒い……」

「ブツブツ文句言ってんじゃないの。ほら、早く！」

騒がしくしているナナシたちをよそに、そっと風呂敷包みを開く。

開けた瞬間、ふわりと日常にはない匂いがした。入っていたのは、夏物の絽《ろ》の訪問着だ。涼やかな淡色、透け感のある生地。自宅で着るには少々かしこまり過ぎているかもしれない。でも――人生の節目を迎える今日には、ふさわしい気もする。

「きっと似合うわよ。髪も結ってあげるわ。さあ、夏織」

穏やかに微笑むナナシに近寄る。男性にしては細くしなやかな指が頬に触れた。ナナシの匂いがする。甘い花の香り。自分や水明からはしない匂いが、非日常の扉を開いていく。

「素敵だわ、夏織」

さすがはナナシ。あっという間に着付けてしまった。透け感のある絽の生地は目に楽しい。さらさらと布が擦れる音。洋服じゃ味わえない締めつけ感。自然と背筋が伸びていく感覚がする。鏡の前で髪を結ってもらいながら、感嘆の息をもらす。店先で反物を見つけた時から素敵だなと思っていたのだ。

「少し……色が地味かなって思ってたんだけど。すごくしっくり」

ぽつりと呟けば、鏡をのぞきこんだナナシが笑った。

「そりゃあね、夏織くらいの歳にはちょうどいい色味だと思うわ」

視線を上げて鏡の中の自分を見つめる。

――ああ。私もそんな歳か。

昔と違って白髪が入り交じった頭。目尻には皺。頬も張りがなくなってしまった。

確かに衰えた部分も多い。あの頃はよかったなあと懐かしむ機会だって増えた。皺に指先で触れれば、ほんのりと気持ちが沈む。だけど――すぐに心が浮き上がった。

変わってしまった部分も含めて私だ。皺を厭う必要だってない。だって、ひとつひとつに私の人生が刻まれているし、若い頃は似合わなかった着物がこんなに馴染んでいるじゃないか！　それってすごくすごく素敵じゃない？

ニコッと笑みを浮かべて軽口を叩く。

「やだ、どうしよう。われながら似合うわね。水明が惚れ直しちゃうかも……！」

冗談を口にすれば、水明の頬が淡く色づいた。

「ば、馬鹿。なにを言うんだ、なにを」

「照れてる、照れてる！　フフフ～」

からかいの言葉に、水明はフンとそっぽを向いた。

もちろん、水明の見かけだって様変わりしている。王子様みたいだった水明もいまや一端の頑固親父だ。年を経るごとに渋さが増していて、いまや近所の悪ガキ共に薬屋の親父として恐れられているらしい……。

「で？　実際にどう。新しい着物」

にっこりおすまし顔をすれば、水明がたじろいだ。

「……に、似合ってると思う」

歳を取っても変わらず初心である。なるほどよろしいと満足げに笑う。

「水明の着物も仕立てたのよ。今度、一緒にデートしようね」

「お、おう……」

「現し世でお城めぐりもいいよね～。歳を取ると、時代小説を読みたくならない？　某公共放送の時代ドラマの原作もすごく気になるし！　本の配達がてら、あっちこっち聖地を回るのもいいかも。温泉も惹かれるわ。食べ歩きだってしたいし——。これからいろんなところに行きましょうね。なにせ、私たちには他の人が真似できない交通手段がある」

地獄を通れば、どこへだってあっという間に行けるのだ。ついでに、親友の背に乗せてもらえば移動費はタダ。やだ、ワクワクしてきたかも……。

「まったく。アンタは歳を取っても変わらないわよね」

ナナシが呆れた声を出した。にんまり笑ってピースサイン。歳は取ったけど、心はそう老いてなんてやるものか。

「年々パワフルになってくのが自分でもわかるのよね。水明は違うみたいだけど」

「うっ……」

ギクリと目を逸らした水明に笑いかける。

「俺は年相応に大人しくしろと言っているだけだ。お前は暴走しがちだからな」

「あら？　そうかなあ。私たちには、まだまだやれることがたくさんある。どんなに歳を取ったって、日和《ひよ》ってなんていられないでしょ」

はっきり断言した私に、水明は苦笑を浮かべた。

「そうだな。本当にそうだ」

わずかに瞼を伏せる。長く息を吐いた水明は、じっと私を見つめた。

「それでも……俺たちがいつまでも同じ場所にいるわけにはいかない」

「………。わかってる」

一瞬、息が詰まりそうになった。すぐに笑みを浮かべて立ち上がる。

「ナナシ、とっても気に入った！　今日という日にふさわしい装いだわ！」

「どういたしまして」

「思えば、ナナシにはずっと世話になりっぱなしだね。本当にありがとう」

心からのお礼を口にすれば、ナナシの瞳がじんわりと滲んだのがわかった。

「馬鹿。アタシはアンタの母親なのよ。これぐらい当然だわ」

「ふふふ、そうだったね。ナナシは私のお母さん。それは昔も今も変わらない」

クスクス笑った私の頬に、ナナシがそっと手を添えた。

「今日まで頑張ったわね。本当にお疲れ様」

きゅう、と胸が苦しくなった。涙が出てきそうになって、慌ててかぶりを振る。

「あ、ありがとう。なんだか自分でも実感がなくて」

「当たり前よ。ライフワークだったんでしょ。今日で終わりって言われても、ね」

「うん……」

ここでようやく自覚した。確かに気持ちが弱っている。

――だから、胡蝶の夢の話なんてしたんだろう。だって今日は……。


「貸本屋を引退するって、すっごく変な感じ」


そっと胸を押さえた。実際に口にしてみると違和感がすごい。

「大丈夫か？」

水明が寄り添ってくれた。「大丈夫」と強がりながら、無意識に彼の手を握っている。

「最後までちゃんとやらなくちゃ。ああ、明日から店に立たなくていいなんてね」

東雲さんから店を引き継いで数十年。よくやってきたものだと思う。もっとやれるかもという気持ちもある。だけど――未来のために店を引き継ごうと決めた。

私にしかできない仕事があるように、若者にしかできないやり方がある。だから、いつまでも私が店にいるべきじゃない。遠い未来まで店を遺していくために決断したのだ。

「綺麗に幕を引こうか！」

ニッと歯を見せて笑う。さあ、今の私にできる最大限の仕事をしようじゃない！

＊　＊　＊

わが家の居間と貸本屋を繋ぐ引き戸をからりと開けた。

「ああ。もうそんな時間か」

開店準備をしていたらしい仏頂面と視線がかち合う。ややくたびれた小袖、疲れ切った顔。細い顎に無精髭を生やした男性が店内に立っている。

「……夜月」

ドキリとする。面識はないはずなのに、夜月の雰囲気は亡き養父にそっくりだ。

「心の準備はいいのか？　母さん」

ボリボリと頭を掻く。寝不足なのか、ふわと大あくびした。

「私の方は大丈夫だけど。夜月こそ平気なの。今日は忙しくなると思うけど」

「問題ない。準備はできてる」

確かに店内の棚はどれもこれも綺麗に整えられている。なんやかや言って、わが子は仕事に対して真摯だ。

「そう。ならいいんだけど――」

苦笑を浮かべて店の中を進む。歩きながら、さりげに店内を眺めた。

みっしりと壁一面を覆うように設えられた本棚。さまざまな本が収められた店内はインクの匂いで満ちている。色褪せた背表紙たち。作者の思いが詰まった本が、誰かが手に取ってくれるのを今か今かと待ち侘びている。一冊一冊それぞれに思い入れがあった。あの本は、どこそこの誰々が気に入っていたとか、なかなか返却されなくて何年かぶりに戻ってきたなあとか。一歩進むごとに想いが溢れてくる。見慣れた風景が愛おしくて仕方がない。だって半世紀以上もの間、店で過ごしてきたのだ。幽世の貸本屋は――私の人生だ。

『おい、夏織――』

ふと養父の声が聞こえた気がした。振り返れば、脳裏に自然と思い出が蘇ってくる。

『原稿が終わらねえ……。玉樹が来たら適当に言って追い返せよ！』

……懐かしい。養父はいつだって難しい顔をして原稿と向かい合っていた。

『東雲、寝る間も惜しんで本を読むのはやめなさいって言ってるでしょう！』

『うるせえな、貸本屋が本を読んでなにが悪い！』

『夏織が真似するって言ってるの。どうするの、アンタ似の本の虫になったら！』

母親代わりのナナシは、いつも東雲さんとやり合っていたなあ。残念ながら、私は父親そっくりの本の虫になっちゃったけど。

『夏織、本の配達に行くならさっさとして。いつでも付き合うと思ったら間違いよ』

にゃあさん。なんだかんだ文句を言いながら、日本中どこにだって付き合ってくれた。

『本一冊届けるのに、お前はどこへ行くつもりなんだ、正気か!?』

『ひええ、オイラもさすがにびっくりだよ……』

暴走しがちな私を窘《たしな》めてくれるのは水明。クロもたくさん手伝ってくれた。

『――夏織、あまり根を詰めるなよ。貸本屋はお前だけじゃねえんだから』

仕事が忙しすぎて目が回りそうになった時もあった。そんな時は、東雲さんが気にかけてくれたっけ。大きな手で頭を撫でられるとホッとした。一冊、一冊を誰かに届けて、ようやく得た糧でまた本を買って——養父と二人三脚で続けてきた店だった。

「……ッ」

「母さん？」

夜月が声を上げた。立ち止まって肩をふるわせている母を妙に思ったのだろう。

——いけない。まだ店を開けてもいないってのに。泣くには早すぎる。

「大丈夫よ、大丈夫……」

平気な風を装って、引き戸に手をかけた。早く店を開けなくちゃ。今じゃ珍しくなった回転式の鍵を手にする。キュルキュル、カチャン。苦労して戸を開け放てば——。

「「貸本屋さん！　お疲れ様ー!!」」

ワッと賑やかな声が耳に飛び込んできた。ポカン、と虚を突かれて固まる。貸本屋の店の前に、見たこともないくらい大勢のあやかしたちが集まっていた。

「今日が最後の日って聞いたわよ。水くさいわね！　教えてくれれば、もっと豪華な花を用意できたのに！」

「本当……。今度、改めてお祝いをさせて」

抱えきれないほど巨大な花束を押しつけたのは、友人の孤ノ葉《このは》。狸の月子《つきこ》もいる。

「あらあら、抜け駆けはよしなんし。夏織の一番はわっちでありんしょう？」

あやかしたちの間から顔を覗かせたのは文車妖妃だ。扇子で孤ノ葉と月子を牽制し、流し目を送る。

「仕事を辞めたら時間がありあまるでしょう。思う存分恋愛モノについて語りましょうね。わっちらは親友でしょ？」

パチン、と片目を瞑れば、うおおお……と遠くでうめき声が聞こえた。髪鬼が文車妖妃の色気に当てられて卒倒している。ふたりは相変わらずの関係らしい。

「え、えっと？」

困惑していれば、群衆の中から次から次へと見知った顔が進み出てくるではないか。

「これ、うちのお菓子。引退した後もご贔屓に！」

箱菓子をくれたのは、のっぺらぼうのおかみさん。

「あの小さかった夏織ちゃんがなあ……。俺も歳を取ったもんだ」

干魚を渡してくれたのは、魚屋のおじさん。

「おめでとう。めでたい。また……海を見に来てくれ」

大量の海鮮物と一緒にお祝いしてくれたのは海座頭《うみざとう》。

「お疲れさん」と、照れ臭そうに真っ赤な和傘をプレゼントしてくれたのは唐傘の兄さん。

「ホッホ。これは狸一同から……」芝右衛門狸《しばえもんたぬき》を始めとした日本三大狸たち。

「カムイコタンのみんなから祝いですぞ！」キムナイヌは髭だらけの顔を皺くちゃにして、北海道の海産物を届けてくれた。

「お疲れ様。おめでとう！　これ、母さんと私から」ああ、隣に棲んでいた鬼女のお豊さんだ。小さかった子が立派な青年に成長している……。

あっという間に両手が埋まってしまった。プレゼントで前が見えないくらいだ。

「あ、あの。みんなお祝いに来てくれたのね。えっと」

動揺を隠しきれずにいれば、私の肩を抱いた人がいた。水明だ。

「……ほら。アイツらも来てるぞ」

「え？」

驚いて顔を上げれば、少し離れた場所に金目銀目が立っているのに気がついた。

「夏織、お疲れ様！」

「春佳たちもいるよ～。夏織のためにみんな集まってくれたんだ！」

双子のかたわらには私の家族がいる。春佳に末っ子の夏生《なつき》。孫たちまで！

「お母さん！　お疲れ様……!!」

進み出てきたのは春佳だ。彼女は私の手をそっと握り、小さく洟を啜りながら言った。

「今日まで本当にありがとう。私たちが物語を好きになれたのはお母さんのおかげ」

「……え？」

長男の夜月が店から出てきて続けた。

「母さんがいなかったら、本を読むきっかけがなかったあやかしが大勢いる。物語を知らないまま死んでしまった可能性だってあるかもしれない。本は、物語は、心を豊かにするんだ。知らないままだったら、きっとすごく寂しいだろう。だから――」

夜月が春佳の肩を叩く。目をウルウルさせた娘は、力強く言った。

「物語を届けてくれてありがとう。心を豊かにしてくれてありがとう。お母さん、お疲れ様。お店は私たちに任せてさ。お父さんと一緒に、ゆっくり本を読んでほしい！」

「……ッ！」

胸が締めつけられるようになって、涙で視界が滲んだ。

私の仕事が……心を豊かにした？

にわかには信じがたかった。実感なんてまるでない。私は自分の好きな本を誰かに読んでもらいたい一心で仕事をしてきただけだ。大袈裟じゃないだろうか。だのに、集まったあやかしたちは、誰も彼も娘の言葉を否定しない。穏やかに、嬉しそうに、温かな眼差しで私を見つめている。その瞳には、確かに感謝の念が存在していた。

「う、うう……」

熱い涙がこぼれて、嗚咽が漏れた。

「あ、ありがとう……」

気がつけば本が大好きだった。物語の魅力の虜《とりこ》になっていた。こんな面白いものを知らないなんて損じゃないかと、貸本屋の仕事に励んだ。押しつけじゃないかと迷った時もあった。みんながみんな、本の魅力に気づけるわけじゃないと意気消沈した時もあったのだ。

だけど――こうしてみんな集まってくれた。娘たちの言葉は間違いじゃない。

だって、こんなにも物語を好きになってくれたあやかしたちが目の前にいる。

「……本を、物語を好きになってくれてありがとうっ……！」

声をからして叫ぶ。

「「「こちらこそありがとう～!!」」」

びっくりするほど大きな返事。

「すごい。本当にすごいね……！」

一心不乱でやってきた仕事を認められた気分だ。

思わず笑みをこぼす。隣に立つ水明も自然と笑顔になっている。

――幸せだなあ。本当に幸せ。

体がフワフワする。こんなに気分がいいのは久しぶりだ。

まるで〝夢〟のよう。これが現実だなんて信じられない――。

瞬間、胸から一匹の蝶が舞い上がった。

いや――違う。辺りを飛んでいた蝶がたまたま体を掠めただけだ。だけど――。

「胡蝶の夢……」

ふと不安が胸を過った。美しい蝶が恐ろしくて、なぜだか目が離せない。

「……雨だ」

「うわ、お前ら店の中に移動しろ！」

タイミングを見計らったかのように、さあさあと霧のような雨が降り始めた。

集まったあやかしたちが、蜘蛛の子を散らすように去って行く。

「夏織、店に戻ろう。……夏織？」

水明が声をかけてくれたが、すぐに動けなかった。蝶の行方を見守らなくてはいけない気がしてならなかったからだ。

雨の合間を蝶が飛んでいくと、何匹かが釣られて姿を現した。互いの周りを回る。舞踏会でダンスのステップを踏むがごとく、燐光をこぼしながらくるり、くるくると。

瞬間、ふわりと風に乗った。蝶たちは雨宿りをするつもりはないようだ。どこまでも、どこまでも高く飛んでいく。空をめがけて一直線に――。

そして、はるか上空に舞い上がると、ほろりと崩れるように溶けて消えた。

「…………」

蝶の命が尽きたのだ。呆然と蝶の痕跡を見つめる。雨はわずかに残っていた蝶の光をあっという間に洗い流してしまった。しとしと、ぴしゃん。雨音が鼓膜を震わせている。夏の訪れを予感させる生ぬるい風が頬を撫でていく。雨と土が混ざった臭いが鼻をくすぐる。現実の臭いだ。夢のように華やかでも、妄想のように都合よくもない。すべてが混じり合った――生々しい命の臭い。

――ああ。ここは夢じゃない。夢じゃないんだ……。

実感が湧いてきて、わずかに涙腺が熱を持つ。雨が止んだ。通り雨だったようだ。曇っていた空が晴れていく。雲間から顔を覗かせた星空は今日も変わらず美しい。

湊を啜って両足でしっかと立つ。深呼吸をすると、ようやく水明に向き合った。

「お店に戻ろうか、水明！」

水明が気遣わしげに見つめている。笑みを浮かべると、目の前の愛おしい人に――今世で掴み取ったすべてのものに感謝を捧げた。

「なんだか胸がいっぱいになっちゃって。ごめん、心配させたよね」

水明の眉間に皺が寄る。盛大にため息をこぼして、再び私の額に手を当てた。

「やっぱり発熱してるんじゃないか？」

「だ〜か〜ら〜。熱はないってば！　子ども扱いしないでくれる!?」

大きな声で抗議をすれば、水明は肩をすくめた。

「よっし！　貸本屋引退記念で、緊急セールでもしようかな！」

唐突な思いつきを口にする。

足取りも軽く店に向かえば、耳ざとく聞きつけた客が歓喜の声を上げた。

「まじか！　やったぜ。これであの本もこの本も借りられる！」

「嘘だろ。今日、手持ちあんまりないんだが……!?」

「え、この機会に新しいジャンルに手を出してみようかなあ……」

「うおおお。新刊棚はどこだ。今月発売の本を一気に借りてやる……！」

わあわあ騒ぎ出した客を尻目に、青ざめているのは店番担当の夜月だ。

「か、母さん……!?　嘘だろ、ただでさえ客が多い日だってのに！」

すでにレジに行列ができはじめている。ワタワタと働き出した息子をにんまり眺めた。
「私も手伝うから大丈夫！　もっと大勢のあやかしに物語を読んでほしいじゃない！」
幽世の貸本屋の使命。
それは、あやかしたちにたくさんの本を届けること。
物語を知って世界を広げてもらうこと。そして心を豊かにしてもらうこと。
そのためには、一時だって時間を無駄になんてしていられない！

「さあ、いらっしゃい、いらっしゃい！　幽世の貸本屋は、代替わりしたって本を貸し続けますよ。古今東西、あらゆる本を取りそろえております。気になる本がありましたら、ぜひお声がけください。幽世の貸本屋を、どうぞこれからもご贔屓に……！」

了

書籍未収録短編集

本編とは別に書き下ろされた、数々のショートストーリーの中から忍丸先生が選び抜いた三篇を改稿の上、収録。各話の最後に忍丸先生のコメント付き。

ふたりの水明

――どういうこと……!?

別に特別でもなんでもない、ごくごく普通の日の昼下がり。私は混乱していた。

目の前には、少年がふたり立っている。彼ら自身も困惑しているらしい。お互いの様子をチラチラうかがっては、不愉快そうに眉をひそめている。

「よくわからないけど……。とりあえず名前を教えてくれるかな」

私の問いかけに彼らはギュッと眉根を寄せた。どこか苛立った様子で――同時に答える。

「「――俺は白井水明だ！　馬鹿なことを聞くな！」」

まったく同じ顔から放たれたユニゾン。ああ、頭が痛くなってきた。

――一体どういうことなの。誰か説明して……！

そう、私の目の前には、水明が〝ふたり〟立っていたのだ。

＊　＊　＊

わが家は幽世で貸本屋を営んでいる。人間の住む世界が表ならば、裏に相当するのがこの世界。幽世――そこに住まうのは、異形のあやかしたちだ。

幽世では、奇想天外な事件がたびたび起こる。人間の常識外の騒動なんて日常茶飯事だ。幼い頃から幽世で過ごしている私だが、毎度毎度、驚かされてばかりいる。

だから、人間が分裂することもあるだろうとふたりの水明を家に連れ帰ってみた。養父の東雲さんなら、問題解決の糸口を見つけてくれると思ったのだ。

なのに――。

「ぐぬぬぬぬ……。なんだこれ、どうしてこうなった⁉」

東雲さんが頭を抱えている。人間が分裂するなんて、幽世であっても滅多にないらしい。

「あらあら。ラッキーじゃない。夏織、家賃収入が二倍になるわよ！」

嬉しげな声を上げたのは、黒猫のにゃあさんだ。う〜ん。相変わらずマイペース。確かに、わが家に居候している水明から家賃をもらっているけどね。困惑している彼の前でそれを口にするのはいささか無神経だ。

「「それで、俺は元に戻れるのか」」

並んで座った水明が、同時に同じ言葉を発する。途端、ギロリと互いを睨みつけた。

「俺の真似をするな偽者！」

「偽者はお前だろう。偽者！」

「あらら……」

今にも取っ組み合いの喧嘩を始めそうな剣呑さ。彼らは自分が本物だと信じて疑わないようだ。……ううん、困った。どうすればいいんだろう。

ひとり途方に暮れていれば、煙管を咥えた東雲さんが面倒くさそうな口調で吐き捨てた。

「どうせ、狸か狐かが化けてるんだろ。放っておけ」

「おお！　なるほど。狸と狐！　そういう線もあるね！」

さすが東雲さん、幽世一のあやかし博士！　とおだててやれば、養父はまんざらでもない様子で笑みを浮かべた。すかさず質問を投げる。

「で、どっちがあやかしが化けた水明なんだろね。調べられる？」

「おめえ、そりゃあ……」

いい気分になった東雲さんは、正体を明らかにする方法を教えてくれた。

なにも難しくはない。本物しか知らないであろう質問を投げかけるだけだ。

これならすぐに正体がわかるはず！　いやあ、簡単な事件でしたね……。

――そう、思った頃が私にもありました。

「なんでふたりとも全問正解なわけ!?」

まったく同点の解答用紙を、苛立ち任せにビリビリ破く。

これじゃどっちが本物かわからない！

「……化け狸やら化け狐のたぐいじゃねぇってことか？」

「ドッペルゲンガーってやつかしら」

「さすがにそれはないって。それじゃあ、水明が死んじゃうよ」

「じゃあなによ？　正直、これ以上調べる手立てはないわ」

う〜ん、と三人で唸る。あっという間に行き詰まってしまった。このままじゃ事件が迷宮入りしてしまう。ふたりの水明の面倒を見るのは結構大変そうだ。家賃が二倍もらえるのはありがたいけれど。いや、……けっこうな収入源になるのでは？　おやおやおやあ？

ふたりのままでもいいかも、なんて私が思い始めた頃だ。

想定外の人物が、膠着しかけた事件に一石を投じた。

「……なんだか変だな」

誰であろう水明本人である。

もうひとりの水明がギョッとする中、怪訝そうな顔をした水明が私のそばにやってきた。まさか〝増えた〟本人が動き出すとは思わず、みんなの視線が彼に集まる。

「ど、どうしたの？」

「……動くな」

途端、水明がずいと顔を寄せてきた。

——近い！！！！

じんわりと頬が熱くなって、腰が引けた。

普段の無愛想さから忘れがちだが、水明の顔は非常に整っている。美少年と言っても差し支えないくらいだ。肌はきめ細やか、髪色は雪のように白い。人間味が薄く、まるでお伽噺から飛び出してきた王子様。

「な、なななななに？　どうしたのかな……？」

別に水明に特別な感情を持っているわけじゃない。けど、どうにも距離が近すぎて困る。同年代の異性なんて金目銀目くらいだ。つまりこんなシチュエーションに慣れていない。

「どういうことだ」

私の顎に手を添えた水明は、不愉快そうに薄茶色の瞳を眇めた。

「なんなのよう！」

ああああああっ！　もう我慢できない！

初めての顎クイは好きな人とって決めてたのに……!!

踏みつけてやろうと足を持ち上げる。瞬間、水明が放った言葉に思考が停止した。

「こないだ、さんざん文句を垂れていたシミはどこに行った？」

「……は？　シミ？　顔の？」

「そうだ」

シミ。顔などに生じる、褐色の色素沈着――……ってそれはどうでもいいんだけど！

「どういうこと？」

真顔になって水明の胸ぐらを掴む。わずかに眉をひそめた水明は理由を教えてくれた。

「少し前、鏡の前で半泣きになってただろう。でっかいシミができたと」

彼いわく、美白化粧水を変えなくちゃだの、肌の手入れがなんだのと私が大騒ぎしていたというのだ。だから印象に残っているらしい――。

――って、まったく覚えがないわあ！

「あ、アンタが偽者だったのね!!」

勝ち誇った気分で水明を睨みつける。私にシミ？　とんでもない！

「こちとら二十歳よ。お肌もピチピチプリプリ。シミなんてまだ早いのよ！」

フフンと得意満面で言い切れば、偽水明が心底呆れた顔で私を見つめた。

「やれやれ。とうとうサバを読むようになったのか？」

「は？　馬鹿なこと言わないで。私は紛れもなく二十歳――」

「嘘だ。前に言っていたじゃないか。――自分は二十二歳だと」

「…………へ？」

戯れ言にもほどがある。おかげで一瞬呆けてしまった。しかし、薄茶色の瞳をのぞきこんでみても、冗談を言っているようには思えない。え？　私、知らない間に歳を取ってた？　そんな不安を抱きたくなるくらいには、偽水明は自信満々だ。

「いやいやいや。ないわ～」

さすがの私も自分の歳を間違えたりはしない。

なんだコイツ。嘘を吐くにしても、もっとまともな嘘を――。

「……んん？」

違和感を覚えて偽水明の頬を鷲掴みにした。

「ぐっ!?　ひゃにをする!?」

「いいから黙ってて」

整った顔を検分する。

確かに私の知っている水明にそっくりだ。だけど――どこか違和感がある。

「お、おい、夏織。うかつに触れるんじゃない」

もうひとりの水明が注意をしてきた。不安げに瞳を揺らし、じっと私を見つめる姿は馴染みがあった。うん、いつもどおりの水明だ。

「……あ」

瞬間、違和感の正体に気づいた。

「偽水明の方が喉仏が出てるんだ。声もちょっぴり低いし、少し痩せてる。なんていうのかな、大人な感じがする」

「へえ？　そうかあ？」

「やだ。本当に？　興味があるわ！」

にゃあさんと東雲さんが寄ってきた。偽水明の周りを一周して観察する。

「駄目ね。猫だからよくわかんないわ」

「正直、俺も違いがわかんねえ」

ううんと首を傾げるふたり。あらまあ、観察力が足りないんじゃない？

「絶対に違うわよ！　ちゃんと見て。私が知ってる水明は、もっと少年らしい儚さがあるもの。こんなに大人っぽいわけがない。だからこっちが偽者！　これで決まりね！」

これは核心をついたのではないか。

ドヤ顔でみんなを見る。しかし、途端にウッと呻く羽目になった。

もうひとりの水明は「なに言ってんだコイツ」みたいな顔をしているし、東雲さんとにゃあさんに至っては、眠そうな顔をしているではないか！

「ううう！　推理くらい真面目に聞いてくれてもいいじゃないのよ〜」

探偵ものの主人公みたいで楽しかったのに。思わずメソメソしていれば、盛大なため息が聞こえた。

「……正直、お前らの方が偽者なんじゃないかと思えてきた」

――そう、偽水明だ。

「どういうこと？」

かぶりを振った偽水明は、じとりと私たちを睨みつける。ビシリと指を突きつけると、はっきりこう断言したのだ。

「少年らしさがないのは当たり前だろう。俺は二十四歳だからな」

「「「は？」」」

素っ頓狂な声を上げる私たち。

偽水明は周囲を見渡すと、ソワソワと落ち着かない様子だった。

「俺が偽者じゃないってことは、自分が一番理解している。貸本屋の中も記憶どおりで変わった様子はないのに、年齢だけが食い違っているようだ」

どういうことだ……？　と首を傾げる偽水明に、東雲さんが口を開いた。

「もしかしたら――平行世界って奴なのかもしれねえな。だったら、水明がふたりになっちまった理由も理解できる」

「平行世界？」

言い換えればパラレルワールド。なんらかの分岐により、別《わか》たれた〝もしも〟の世界。

東雲さんいわく、偽水明はそちらの世界から迷い込んだ可能性があるそうだ。

「じゃ、じゃあ……偽者じゃないの？」

「そうだ。本物っちゃあ本物だし――だけど、この世界の水明とは別者だ」

「へえええ……！　すごいね、面白い!!」

SF小説みたい！　ワクワクしてきた……！

「ね、ね！　あっちの私ってどんなだった？」

ウキウキで質問を投げれば、偽水明（偽者じゃないらしいけど）は困り顔になった。

「……たいして変わらない。うるさいし、厚かましいし、暴走するし……」

「グッッッ！　なにそれ。ちょっとくらい褒めてもよくない……!?」

向こうの私が可哀想だ。プリプリ怒っていれば「あっちでも、あたしは夏織に振り回されてるんでしょうね……」と、にゃあさんが嘆息した。遠い目をした黒猫に「そんな感じだな」と偽水明は哀れみの視線を向けている。

――ひどいなあ！　私ってそんな迷惑な奴だったたっけ？

ひとりグルグル考え込んでいれば、緩んだ空気を冷え切った声が切り裂いた。

「俺は信じないぞ」

水明（十七歳の方・ややこしい……）である。

ツカツカと偽水明に詰め寄った水明は、瞳に怒りの炎を滾らせて言った。

「たわ言もたいがいにしろ。夏織、東雲、黒猫、どうしてコイツの話を簡単に信じる？」

「だ、だって～。もうパラレルワールドの水明だとしか思えなくて」

私の発言に、東雲さんやにゃあさんも頷いた。だが水明は頑として認めない。

「平行世界だの、そんなわけがないだろう！　平和ボケしている奴らはこれだから困る」

偽水明を睨みつける。ポーチから護符を取り出すと、突きつけて凄んだ。

「いいから正体を現せ。殺されたくなければ」

物騒な発言に、辺りの空気が凍りついた。偽水明は冷や汗を流しながらも冷静だ。

「……どうして俺を偽者だと決めつける？　理由を教えてくれ」

真剣な問いかけに、わずかに水明の瞳が揺らいだ。しばらく逡巡した後――。

意を決したように口を開く。

「……し、身長が」

「身長？」

「二十四にもなってるのに、身長が今と変わらないわけがないだろう！」

しん、と辺りが静まり返った。水明の白い肌が紅潮している。耳まで真っ赤だ。

――確かに。身長、ほぼ変わってないじゃない！

盲点である。危うく騙されるところだった。

「そ、そうだよね！　やっぱりアンタは偽者だわ！　だって、毎日牛乳をあれだけ飲んでる水明の身長が変わらないはずが――もがもご！」

「なにを言うつもりだ、黙ってろ夏織」

水明に口を塞がれ、酸素不足で頭がクラクラする。

なによ！　アンタが牛乳パック一本を毎日必死に消費しているのは事実じゃない！

彼の手から逃れようとジタバタ暴れる。

すると、偽水明が実に微妙な顔をして佇んでいるのに気がついた。

物憂げにまつげを伏せ、沈鬱な表情を浮かべている。どうしたのだろう？

「おい、そこの。言いたいことがあるなら言った方がいいぜ？」

見かねた東雲さんが助け船を出してやった。偽水明は小さく嘆息すると、私の口を塞ぐのに一生懸命な水明を見遣り――。

「……伸びなかったんだ」

キッと顔を上げて、どこか悲壮な声で叫んだ。

「毎日牛乳を飲んでいたが、全然伸びなかったんだよ！　言わせるな。馬鹿！」

「なっ……！」

衝撃の告白。最もダメージを受けたのは、もちろん水明だ。

「なん、だと……」

かくりと地面に膝を突き、呆然としている。

これを悲劇だと言わずになんと言おう。水明の日頃の努力を知っていた私は、愕然として偽水明を見つめた。

――そこに、賑やかな声が飛び込んできた。

「ちょっとお邪魔するわよ！　特上の牛肉がすっごく安かったの！　買っちゃった〜。今日はすき焼きにしましょうよ〜！　……って、あら？」

薬屋のナナシだ。頬を紅潮させて貸本屋に飛び込んで来たナナシは、私たちが固まっているのに気がついて、困惑したように首を傾げた。

「……牛肉、嫌いだったかしら？」

「いや、むしろ好きだけど!!」

勢いよく否定すれば、ぷうと可愛らしく頬をふくらませる。

「じゃあ、どうして黙っているのよ。もっと喜ぶと思ったのに。変な子ね」

「この状況をどう説明すればいいかわからなくて」

「なにが？」

「ちゃんと見てよ。水明がふたりもいるじゃない！」

ナナシは室内を見回すと、ますます首を傾げてしまった。

「なに馬鹿なこと言っているのよ。水明がふたりもいるはずないでしょ」

「え……？」

どういうこと？　顔を上げて偽水明の姿を探すも――。

平行世界から来たという彼の姿は、まるで煙のように消え去っていたのだった。

ふたりの水明事件から数日後。あれから私たちは少し変わったように思う。

「本当になんだったのかなあ。本当に意味がわかんない。水明が年上だなんて」

お風呂上がり。ブツブツ文句を言っている私に、水明はあからさまに眉をひそめた。

「あの事件は忘れろと言っただろう。あれは白昼夢。そういう話だったじゃないか」

「だって～……」

全員で同じ夢を見るなんて現実的じゃない。となると、実際に平行世界の水明が来たと考えた方がいいと思うんだけどなあ。

――まあ、今さら気にしても仕方がないか。

肩をすくめて洗面台に向かった。鏡をのぞきこむ。買い換えたばかりの化粧水を手に出し、念入りに肌に塗り込んでいく。プチプラじゃない、ちょっぴり奮発した奴だ。うん、やっぱり浸透率が違う。お肌に潤いが満ちていく感覚……！

「……色気づいちゃってまあ」

通りがかったにゃあさんが、呆れた目で私を眺めている。ギロリと睨みつければ、そっぽを向いてどこかへ行ってしまった。苛立ち任せに、美容液をバシャバシャ塗る。色気？

そうじゃない、にゃあさんはなにもわかってないなあ！

「二十二になったらシミが出るかもしれないのよ。予防しなくっちゃ……！」

偽水明の発言を思い出し、ぶるりと震えた。平行世界が本当にあるか知らないけど、肌にシミができる可能性は否定できない！

「あれ？」

寝間着に着替えた水明が、いそいそと二階に上がろうとしているのに気がつく。

「水明。もう寝るの？」

「ああ」

まだ二十二時だ。ちょっと早すぎるんじゃない……？

ハッとして、口にするのをやめた。先日仕入れた雑誌に書いてあった。早寝早起きは、成長ホルモンの分泌を促すらしい。

「……水明、良い眠りを！　身長、伸びたらいいね！」

「うるさい」

親指を立てて、最高に不機嫌そうな水明を見送る。明日は、カルシウムたっぷりな煮干しを買ってきてあげよう。そんな風に思いを巡らせながら、ふと窓の外を見上げた。

幽世の空は、相変わらず不思議な色合いを醸し出している。

「ま、たまにはこういうこともあるかな」

摩訶不思議な事件も時折起こるけれど、ここが私の居場所だ。

今度は乳液に手を伸ばす。手のひらに広げて、念入りにお手入れを始めたのだった。

(作者注＊一巻発売当時に書いた短編でした。WEB版では、水明と夏織の年齢設定が違ったんですね……。それをネタにした話です。書籍版では水明の身長は無事に伸びたようです。よかったねえ……)

水明少年、幽世での日々

――〝幽世〟。

あやかしのための世界。人間が住む〝現し世〟とはなにもかもが違う。

幽世は太陽を知らない。闇に包まれた大地を照らすのは、電気ではなく〝幻光蝶〟。あやかしたちが行き交う往来には、天秤棒に蝶入りの竹籠をぶら下げ売り歩く〝蝶守り〟と呼ばれる商人がいる。

あやかしにとって幻光蝶は必需品。時間が経つと、ほろほろ崩れて消える蝶の明かりを頼りに、彼らは墨で塗りつぶされたような世界を生きている。

木造の家々が建ち並び、ひとつ目、角あり、巨大な赤子、動く生首などが闊歩する光景を、まるで年季の入ったお化け屋敷が延々と続くようだと思ったのは、俺がこの世界に迷い込んですぐのこと。幽世は、まさに〝未知の世界〟だ。

俺――白井水明は、幽世で今日も新しい朝を迎えていた。

「アハハハ！　夜中に枕をひっくり返される？　マジで。それで寝不足なのか～」

「ぎっ……銀目、笑い過ぎ。ひい……アッハハハハ。駄目だ、お腹痛い」

「金目。結局、お前も銀目と一緒に笑っているじゃないか……」

「だって、面白すぎるでしょ！」」

「はあ……」

幽世唯一の貸本屋の居間は、いつも無駄に賑やかだ。

烏天狗の双子である金目と銀目。金の瞳に垂れ目なのが兄。銀の瞳に吊り目なのが弟。赤と青の色違いの梵天に鈴掛を着ていて、まるで修験者のような恰好をしている。ふたりはゲラゲラと大笑いしていたかと思うと、俺の両脇にやってくるなり肩を組んだ。

「さすが現し世育ちは違えなあ。枕をひっくり返されるくらいで眠れなくなるなんて」

「だねえ。窓の外にろくろ首の顔でも見えたら、驚いて泣いちゃうんじゃない～？」

ニマニマと金銀の瞳で見つめられ、更には頭ふたつ分も大きなふたりに見下ろされて、だんだん嫌気が差してきた。双子の腕から抜け出すと、はっきりと不愉快だと伝える。

「やめてくれ。俺は祓い屋だ。あやかしの見かけに怯えるものか」

瞬間、双子はキョトンと動きを止めた。

ちら、と互いに顔を見合わせると――なぜか嬉しそうに破顔する。

「かっけえ～！　〝俺は祓い屋だ……〟マジかっけえ!!」

「ちょっとキュンってしたよね～。まるで映画のヒーローみたいだった～」

ほんのり頬を染めた双子は、お腹を抱えて爆笑している。

「「やっぱ、水明は最高だな！　友だちになってよかった！」」

「俺はお前らと友だちになった覚えはまったくないからな……？」

頭痛がしてきてこめかみを解《ほぐ》す。双子に俺の言葉は聞こえていないようだ。

――まったく。人を玩具かなにかと勘違いしているんじゃないか？

会うたびにこの調子で弄られるので、ここ最近は諦め気味である。

再びため息を漏らしていると、鋭い声が割り込んだ。

「こら、ふたりとも！　水明をからかうのはいい加減にしなさい！」

朝食の準備を中断して、呆れ混じりに双子を見下ろしたのは夏織だ。

幽世では珍しい人間で、詳しくは知らないが幼い頃から幽世で育ったらしい。

彼女は栗色の大きな瞳で双子をキッと睨むと、ぴしりと指を突きつけた。

「今日もまた修行をサボったんでしょう？　あんまり悪いことすると、お師匠様に言いつけちゃうんだからね」

〝お師匠様〟とやらがよほど怖いらしい。双子は途端に笑いを引っ込める。

「わ、悪かったよ……水明。もう、あんましからかわねえようにする」

「ごめーん。水明って面白いからさあ〜。好奇心が刺激されちゃって」

「金目は反省してないだろう」

「あはは。バレた？」

ペロリと舌を出した金目を睨みつける。どうにも、烏天狗の双子の思考は理解できない。

あやかしだからなのか、それとも元々変わった感覚を持っているのか。判断しかねるが、予想のつかないことばかりをしてくるから、いつも戸惑ってしまう。

——いや。この双子だけじゃないか。

ちらりと視線を移した先には、煙管をくゆらせながら新聞と睨めっこする、着流しに無精髭の男の姿があった。

「東雲さんってば！　煙い。ごはん食べる時はやめてって言ってるでしょ！」

「……おー。そうだな……」

夏織に怒られつつも、ぼんやりと眠そうな顔をしているのは貸本屋の店主の東雲だ。女性が好みそうな渋みがかった顔を濃い隈で台なしにしているわけは、徹夜で書き物をしているから。あやかしなのに作家きどり。その事実にも面食らったが、このあやかし、なんと夏織の養い親なのだという。

「ねえ、東雲さんったら。聞いているの！」

夏織は東雲の前まで行くと、新聞を勢いよく抜き取ってすごんだ。

「いい加減にしないと、今日の晩酌はなしだからね！」

「うっ……うわっ!?　なんだ、なにがだ。お、おお……」

東雲は眠たげな目をしょぼしょぼと瞬くと、途端に情けない顔になって両手を合わせた。

「俺が悪かった！　寝ぼけてたんだ。晩酌抜きは勘弁してくれ……！」

すると、バタバタと賑やかな足音が聞こえてきた。

居間の引き戸を開けて入ってきたのは、やたら派手な恰好の人物と黒猫だ。

「ああん！　遅くなっちゃったわ！　まだアタシのごはんは残ってる？」

「夏織、帰ったわよ。あたしの缶詰を用意して。一等上等な奴よ。わかってるわよね？」

「ナナシ、いらっしゃい！　朝ごはんはこれからだよ。にゃあさんはお帰り。ごめんね、いつもの缶詰切らしているんだ～。今日のはこないだ試供品でもらった奴」

「試供品!?　信じらんない。ちょっと夏織、あたしになにを食べさせるつもり!?」

「え、いつもより高級な奴だよ？」

「…………。仕方ないわね。味見してやるわ」

夏織の母代わりである薬屋のナナシと、親友である黒猫のにゃあだ。

忙しなく入ってきたふたりは、自然に居間の風景に溶け込んだ。

ナナシが加わると、朝食の準備に拍車がかかる。あっという間に食卓は美味しそうな食事で埋めつくされ――。

「「「「いただきます！」」」」

「お醤油取って～」

「頂き物の味付け海苔、誰か食べるかしら？」

賑やかな食事風景がやってきた。

食器の触れる音。穏やかな話し声。誰もが笑顔で食事を口に運んでいる。

目の前で繰り広げられている光景を眺めながら、俺はこっそり息をこぼした。

――人間の娘。あやかしの養父。母親代わり。友人。親友。まるで〝現し世ごっこ〟だ。

祓い屋の俺は知っている。人間を糧にするあやかしが少なくない現実を。

何度、現し世で対峙しただろう。

人を獲物としか思わず、喜び勇んで血を啜り、臓腑を喰らっては禍《わざわい》をもたらす。

今まで、あやかしが〝悪〟である事実に疑問を抱いたことはない。

あやかしは人間が打倒するべき相手。絶対に相容れない対象。だというのに、彼らの関係はどう見ても普通の人間となんら変わらないように思える。

──あやかしがなにか、正直わからなくなってきたな……。

「はあ……」

思考がどうにも後ろ向きで困る。それもこれも、すべて寝不足のせいだ──。

するとナナシが突然声を上げた。

「そういえば！　忘れてたわ。座敷童《ざしきわらし》から注文を預かってきたのよね」

懐からメモを取り出す。夏織に渡すと、ナナシはにこりと笑った。

「最近忙しくて、御用聞きに行けなかったの。前回から結構時間が経っちゃったから……大丈夫だった？　枕返しとか起きなかったかしら」

「「ブッフ!!」」

その瞬間、金目銀目が噴き出した。畳の上に蹲って、お腹を抱えて笑い出す。

夏織は双子に呆れかえった視線を向けると、苦い笑みをこぼした。

「それがね、どうも水明が被害に遭ったみたいで」

「あらあ！　それは災難だったわねえ。さっそく洗礼を受けたってわけね」

「……なんのことだ？」

首を傾げると、玉子に齧り付いていた東雲が話し出した。

「店の常連に、町外れに住む座敷童がいるんだが。ソイツがまためんどくせえ奴でな」

「東雲さんったら！　お客さんに失礼でしょう」

「事実を言ってなにが悪い。本を貸してほしくなったら、夜中に店に忍び込んで枕をひっくり返していくんだぞ。意味がわかんねえ」

「……枕？」

あまりにも身に覚えがありすぎる現象に顔をしかめた。

東雲はメザシを口に放り込むと、バリバリ噛み砕きながら続ける。

「お前〝枕返し〟ってあやかしを知ってるか」

〝枕返し〟――寝ている人間の枕をひっくり返したり、引き抜いて遠くへ投げたりするあやかしだ。その姿は伝え残っている地方によりさまざま。童姿で現れることもあれば、死んだ人間の霊だとも、美しい女の霊だとも謂われている。

東雲が言う〝枕返し〟は童の方の話であるらしい。東北地方では、昔から〝枕返し〟は座敷童の仕業とされ、吉兆であった。どうも、ここ数日俺を不眠にさせていた原因は、座敷童だったようだ。

「眠っている間に店に侵入されていた、と。セキュリティはどうなってるんだ……」

布団の横に、童が無言で立っている様を想像するとゾッとする。

「それにしても。俺がまったく気がつかないだなんて」

祓い屋にとって幽世は敵だらけだ。熟睡しないように常日頃から気をつけていたのに。

怪訝な顔をしていれば、東雲が呵々と笑った。

「しゃあねえよ、座敷童だぞ。簡単に気づけるかよ。奴はそういうもんだ」

「〝そういうもの〟で済ましてしまうのか？　理解できないな」

「現し世暮らしが長い奴にはわからんだろうな。あやかしは、いつだって特性に縛られてるもんだ。狸や狐はどいつも人を化かすし、のっぺら坊は夜道で人を驚かす。座敷童は悪戯好きで、家人に気づかれずにいろいろやらかすのさ。簡単に止められるもんでもねえ」

「……なんだそれは。個々の意思や性格に因らない絶対的な縛りがあるとでも？」

「さあな？　俺は他よりあやかしに詳しい自負があるが、研究者じゃねえからな……。上手く言葉にできねえんだが」

東雲は、青灰色の瞳で俺を面白そうに眺めて続けた。

「ま、そのうち嫌でも理解するさ。……おお、そうだ夏織。例の座敷童のところに、コイツも連れていけよ。いい荷物持ちになるだろ」

「あ、そうだね。ずっと店にいるのも飽きるだろうし」

勝手にトントンと話が進んでいく。

「待て、俺は捜しているあやかしがいると何度言ったら……」

「まあまあ。もしかしたら、手がかりが見つかるかもしれないじゃない」

「そうだぜ。なにがきっかけになるかわかんねえ。なにごとも経験だしな！」

にんまり。血は繋がっていないはずなのに、そっくりな笑みをふたりは浮かべている。

「……。まったく、今日は厄日か……？」

俺は深く嘆息すると、渋々同行を決めた。

＊　＊　＊

貸本屋を出ると、どこからともなく光る蝶が寄ってきた。夏織と俺が並べば、昼間のように明るくなる。幻光蝶が〝人間を好んで集まってくる〟という特性のせいだ。

「水明、私から離れないでね？」

「………………わかってる」

まるで子ども扱いだ。仏頂面になると、彼女は「仕方ないでしょ」と呆れ気味に言った。夏織がやたら過保護なのには理由があった。先述したとおり、幽世には人間を好んで喰らうあやかしがわんさといる。腹を空かせた化け物がいつ襲ってくるかわからないのだ。

人間ではあるが、貸本屋の娘として認知されている夏織といれば襲われないはずだった。祓い屋としての能力をほぼ失っているに等しい今の俺は、夏織の後ろを子ガモよろしくついて行くしかない。

――屈辱以外のなにものでもないが――アイツを捜すためにはやむを得ないだろう。

とはいえ。

「なんでお前らまでいるんだ、お前らまで」

烏天狗の双子にまでついて回られるのは、正直かなり不愉快だ。

「ワハハ！　今から師匠んとこに戻っても、怒られるだけだからなあ」

「だよねえ。だったら、一日遊んでから帰った方がよくない？」

「『水明の行く先々って、面白いこと起こりそうだし！』」

無邪気な顔で言い放った双子に、俺は顔をしかめた。

「人をトラブルメイカーのように言うな。馬鹿め」

「あら？　そうかしら」

すると、足もとへ黒猫がやってきた。

三つ叉の尻尾を持った黒猫は「にゃあ」と呼ばれていて、火車のあやかしである。

金と青色のオッドアイを眇めた黒猫は、どこか意味ありげに尻尾を振った。

「ねえ、知っている？　今年、山の方で木の実が例年になく不作なんですって。山に棲んでいるあやかしたちが、食べものを探しに町に降りてきているらしいわよ」

突然、意味のわからないことを言い出した黒猫に、たまらず首を傾げる。

「なんだそれは。野生動物じゃあるまいし。それが俺となんの関係が――……」

瞬間、ゾクリと背中に怖気が走った。

わずかに大地を照らしていた星明かりが陰る。

ぽたり、と粘着質な液体が糸を引いて地面に落ちた。

「……黒猫」

「なあに？」

「俺の後ろになにかいるか」

そろそろと訊ねれば、黒猫はニィと意味ありげに目を細めて笑った。

「ええ！　いるわよ。お腹を空かせた——化け物が」

「……くっ！」

勢いよく前転して、その場から退避する。

体勢を立て直して確認すると、全身が粟立ったのがわかった。

「ニン……ニンゲン……！」

そこにいたのは、大通りを埋めつくさんばかりに巨大なあやかしだ。

墨のように真っ黒な肌。ぎょろりと血走った目と、黄ばんだ歯が並ぶ大きな口。ボロにしか見えない着物を着ており、赤ん坊のように四つん這いになっている。

「うっわ、見て銀目。大坊主《おおぼうず》だよ〜」

「でけえなあ、金目。なあなあ。アイツ、ちょっとやばくねえか？」

虎くらいの大きさに変化した黒猫が、夏織を庇いながら叫んだ。

「やっぱり！　お腹を空かせて見境なくなってる。誰を襲ってるかわかっているのかしら。

夏織、乗って。水明、アンタも仕方ないから乗せてあげる。逃げるわよ！」

「ニンゲン……ニンゲン、クワセロォ！」

その瞬間、大坊主の手が伸びてきた。

慌てて回避すると、どおん！　と大坊主の手が地面を叩き、もくもくと土埃が立つ。

黒猫は忌々しげに舌打ちをして、俺たちを背に乗せながら呟いた。

「ああもう。だから春って嫌よ。冬籠もり明けの馬鹿が増えるから！」

「そういえば、去年も襲われたっけねえ」

「お前、呑気に笑っている場合か！」

のほほんと衝撃の事実をこぼした夏織に突っ込むと、彼女はどこか照れ臭そうに言った。

「えっへへへ。いつものことだからね。幽世あるあるだよ～」

「そんな軽い扱いでたまるか、馬鹿野郎！」

「知り合いはみんな優しいんだけどねえ。空腹が限界になると、いろいろどうでもよくなっちゃうあやかしもいるんだよね。まあ、お腹空いてるなら仕方ないかなあ」

「喰われたらどうするんだ、死ぬんだぞ！」

「大丈夫だよ、そんなに心配しなくても。私には……頼りになる仲間たちがいるからさ」

再び巨大な手が伸びてくる。

「ギャアアアアアアアアッ！」

瞬間、大坊主の悲鳴が辺りに響き渡る。驚いて振り返ると、大坊主の行く手を遮るかのように立ちはだかる烏天狗の双子の姿があった。

「へっへっへ！　やっぱりなあ。今の時期は人間の臭いに誘われてやってくる馬鹿がいると思ったんだよ。なあ、金目」

「さすがは銀目。僕の片割れは目の付け所が違うよ！　ここ最近、退屈してたからさあ。僕たち、暇つぶしの相手がほしかったんだ！」

にっこり、邪悪な笑みを浮かべた双子は、挑発するかのように大坊主に向かって手招きをした。どこまでも無邪気に声をかける。

「「あ〜そ〜ぼ!!」」

——どおんっ！

大きな音と共に土煙が立ち上る。派手な音が聞こえた。激しくやり合っているようだ。

「……大丈夫なのか、双子に任せて」

「平気よ。アレでも烏天狗なのよ？　適当におちょくって、最後に東雲に引き渡すわよ」

「——東雲に？」

なぜ貸本屋の店主の名が？　訝《いぶか》しんでいると、黒猫は心底おかしそうに笑った。

「考えてもみなさいよ。東雲の娘を襲ったのよ？　あの男が簡単に帰すわけがないでしょう。可哀想にね、無事に山に戻れるかしら」

「……うわ」

どうやら、東雲はかなり娘に対して過保護だ。片鱗は今までのやり取りの中で見せていたが、実際に話を聞くとなると強烈である。よほど溺愛しているらしい。

「あんまりひどいことしてほしくないんだけどね……」

夏織は、複雑そうに眉をひそめている。対照的に黒猫はあっけらかんとしたものだ。

「アンタが気に病む必要なんてないわ。幽世は自己責任の世界よ？　現し世みたいに法律があるわけじゃない。因果応報だわ」

「そう……だね」

黒猫の言葉に、夏織はどこか歯切れが悪い。

——まあ。普通の人間の感覚ならば、私刑は受け入れがたいだろうが……。

夏織の様子をうかがうと、ふと脳裏に浮かんだ疑問を口にする。

「お前はこの世界で暮らしていて、後悔しないのか」

気を抜いたら、ある日突然あやかしに腸を喰われているかもしれない。秩序もなにもない。いるのは恐ろしい化け物ばかり。幽世は、普通の人間にとって住みやすいとは言えないだろう。人間が住むべき場所は、やはり現し世だと思う。

だのに夏織はいつでも笑顔だ。それが不思議でならなかった。

「ええとね……」

夏織は宙に視線をさまよわせると、フッと軽く笑んで言った。

「幽世は私の故郷だよ？　好きなものも、大切な想い出も、なにもかもが幽世にあるの。後悔するわけがないじゃない」

彼女が浮かべた穏やかな表情に、一瞬だけ胸が高鳴った。

──変な奴。

「そうか」

俺はそれだけ言うと、まっすぐに前を向いた。

あっという間に後方に流れていく景色を眺めながら思う。

──この世界は、本当に理解の範疇を超えている。

だが──深く知れば知るほど、印象は変わるのかもしれない、と。

＊　＊　＊

黒猫に連れられてやって来たのは、町の外れにある屋敷だった。

木造平屋建ての立派な作りをしている。門戸から玄関までのアプローチも長く、鯉が泳ぐ池や綺麗に整えられた松の木などが出迎えてくれた。金銭を惜しみなくかけているのがわかる。それなりに裕福な家であるようだ。

「ここにいるのか……？」

座敷童とは、いわゆる守り神だ。

繁栄をもたらし、家から去ると没落してしまうとも謂われている。

──幽世に座敷童、ねえ……？

ふいに疑問が浮かぶ。座敷童の存在意義は人間と共にある。幽世はあやかしたちの世界だ。人間は俺と夏織以外いないという。だのに、座敷童がいるなんて変だ。

「お邪魔します！」

夏織は家人を呼び出しもせずに、そのまま引き戸を開けて中へ入っていった。

「お、おい。いいのか、勝手に入って」

驚いて声をかけると、夏織は小さく頷いた。

「大丈夫だよ。ここには座敷童しかいないから」

「……そう、なのか」

——人に幸福をもたらすあやかしがひとりで棲んでいる？

どこか違和感を覚えながらも夏織の後に続く。

室内はしん、と静まり返っていた。綺麗に整えられた室内。まるで生活感がなく、静謐《せいひつ》さが充ち満ちている。

——古民家を利用した博物館みたいだな。

現代ではなかなか見られない調度品や、レトロな作りに目を奪われていると、目的の部屋にたどり着いた。

「入るよー」

すらりと襖を開ける。異様な空気に思わず足を止めた。

薄暗い室内。黄ばんだ紙で作られた紙垂《しで》が、万国旗のように天井に張り巡らされている。

部屋の窓はすべてが札で塞がれて、古びた畳の上には、鞠や人形などの玩具があちこちに転がっていた。

「座敷童、本を持って来たよ！」

再び夏織が声をかけると、部屋の隅に並んでいた日本人形の一体がぴくりと動いた。

「うわっ……！」

ギョッとしていると、ひとりが瞳を輝かせて飛び出してくる。人形たちの合間に童が紛れ込んでいたようだ。

「夏織お姉ちゃん、待っていただよ……！」

おかっぱ頭にりんごのように真っ赤なほっぺた。紬《つむぎ》の着物は可愛らしい金魚の柄。五歳ほどの女の子の座敷童だ。夏織に駆け寄るとひしっとしがみついた。

「頼んでいた本は持って来てくれただか？」

「うん、もちろん！」

「わああ。はよう、はよう！　オラ、楽しみにしてたんだあ……！」

嬉しそうに足をパタパタ動かした座敷童に、夏織は本を渡した。きゃあ！　と歓声が上がる。ふたりは本の表紙に見入っている。

「……あたし、昼寝してくるわ」

大あくびをした黒猫が部屋の隅へと向かった。俺も邪魔をしない方がよさそうだ。

なんとなしに周囲を見遣ると、小さな観音開きの仏壇を見つけた。

「……？」

違和感を覚えて近づいていく。いやに簡素でこじんまりとした仏壇だ。それほど高価でもないだろう。屋敷は立派なのに不釣り合いだ。部屋の中を見回す。これだけの屋敷の規模、更には仏壇。ならば、先祖代々の写真くらい飾っていそうだが――。

「……うわ……」

思わず変な声を漏らす。

鴨居の上に飾られた写真は、どれもこれもが黒く塗りつぶされていた。不気味だ。

「お兄ちゃん。なにを見ているの？」

「――ッ！」

背後から話しかけられ飛び上がりそうになった。ドクドクと脈打つ心臓を宥めながら、ゆっくりと振り返る。座敷童が黒目がちな瞳で俺を見つめていた。

「ごめんね、ちょっとどいてくれる？　オラ、借りた本を見せたいんだ」

――誰に？

疑問が浮かんだが、無言のまま移動する。

腕いっぱいに本を抱えた座敷童は、仏壇の前にぺたりと座り、扉を開いた。現れたのは、写真立てと位牌だ。ニコッと可愛らしい笑みを浮かべ、本の表紙を位牌へ向けた。

「へへ……。このご本、昔一緒に読んだでしょう。覚えてるべ？　今日、夏織お姉ちゃんが持って来てくれたんだ」

写真立てに語りかける様は、純粋な子どもにしか見えない。

——なんだ。故人に話しかけているのか。

いくぶんかは常識内の行動を見せた座敷童に、ホッと胸を撫で下ろす。

写真立てをのぞきこむと、人のよさそうな老婆の姿があった。

「大切な人が眠っているのか」

「うん。そうだよ。オラをなによりも大切にしてくれた人。生涯をかけて幸福にしようって誓った人がここにいる」

座敷童は嬉しげにはにかむと〝大切な人〟について語り出した。

「名前は珠子《たまこ》。オラが座敷童になってから、何人の〝当主様〟と出会ったかなあ。もう覚えていないいくらいだけどさ。一番優しくしてくれた〝当主様〟が珠子だったんだ……」

座敷童は、かつて大地主の家に棲み着いていた。家の人々は、誰もが座敷童を敬った。距離を置き、菓子や玩具などの供物を捧げる。部屋を綺麗に整え、決まった日には特別な儀式が行われた。

それは、人あらざるものへ対してしごくまっとうな扱い。

座敷童も〝らしく〟あるように努めた。家人へは絶対に姿を見せず、供物相応の富を与える。家は栄え、家人はますます座敷童を大切に扱った。座敷童も満足していたらしい。

「でもねえ」

くふふ、と小さく笑った座敷童は、少し遠くを見た。

「ある日、見つかっちゃったんだ。珠子に」

『……まあ！　わが家の守り神様がこんなに可愛い子だったなんて』

初めて会った珠子は、そう言ってはにかんだらしい。

「胸がキュンってしたの。温かい気持ちになった。優しい目で見つめられるのが嬉しくて。駄目なのは知っていたけど、オラ、珠子に何度も会いに行った」

そのたびに、珠子は歓待してくれたそうだ。お菓子をくれ、玩具で遊んでくれた。座敷童にとってなによりも幸せな時間であったのだという。

「珠子は床《とこ》に伏せがちだったから、一緒に本をたくさん読んだよ。オラ、珠子のおかげで文字を読めるまでになったんだ。すごいでしょう」

「座敷童が学習したのか？　普通じゃ考えられないな……。お前は珠子さんが大好きだったんだな」

「うん!!　珠子はオラの初めての友だちだからね！」

座敷童は頬を薔薇色に染め、モジモジと指を絡めて言った。

「珠子といる時間は本当に幸せで、オラ、もっともっと頑張らなくちゃって思った。はりきって富をもたらしたよ。そのせいなのかなあ？　どんどん家が豊かになっていくのがわかった。たくさんの人が集まってきて、珠子も、他のみんなも幸せそうで……」

座敷童はコロンとその場に転がった。足をパタパタ動かして、本を抱きしめたまま、にんまりと童らしく笑う。

「オラ、座敷童でよかったって、心から思ったよ」

くふふ、と再び笑う。その姿は年相応の子どものようだ。

「……だから、今もなお家を守り続けているのか？」

座敷童の幸福は、誰かに富をもたらすことにあるのだろう。ならば、誰もいなくなった家に居続けている理由は、思い入れがあるからに違いない──……そう、思ったのだが。

「え？」

座敷童は小首を傾げると、黒目がちな瞳で俺を見上げた。

「なにを言うだ。この家を守るなんてしない。だって」

あどけない顔から表情が抜け落ちる。真顔になった座敷童は、ニィと歪《いびつ》な笑みを浮かべ、俺の服を紅葉のような手で掴んで──囁いた。

「……この家に住む人間たちを殺したのは、オラだもの」

「ッ!?　な、なんだって……!?」

身の毛がよだった。思わず尻もちをつく。

座敷童はゆらりと起き上がると、どこか大人びた表情で語り出した。

「オラだって、ずっと守り神でいたかったけれどね。でも──家が栄えれば栄えるほど、嫌な奴らが集まってくるようになった。病気で動けない珠子を暗い部屋に押し込めて、遺産ほしさに早く死ねばいいと口さがなく罵るんだ。珠子は、どうしてみんな幸せになれないのかと嘆きながら死んだよ。死後だって、見かけだけ盛大な葬式を挙げたっきり。後は、ろくに供養もされずに……」

ちら、と座敷童が視線を向けたのは小さな仏壇だ。

「優しい、優しい珠子。可哀想で、憐れだべ。オラはそれが我慢できなかった」

——だから殺したんだ。みんなをね。

にこりと無邪気に笑った座敷童に、体の震えが止まらない。

「お前、なんてことを……！」

「えっ？　そんなに意外な話だべか？　オラが与えた豊かさだもの。奪ったって構わないべ？　一番に大切にしていた人を蔑《ないがし》ろにした。オラが感じていたささやかな……ささやかすぎる〝幸せ〟を奪ったんだ！　当然だべ？」

身の毛もよだつ話を笑いながら語る座敷童に、つう、と背中を冷たいものが伝った。

再び鴨居の写真を見る。黒く塗りつぶされた遺影。あれが座敷童の仕業なのであれば、何人……いや、何十人死んだのだろう。

——ああ、やはりあやかしは恐ろしい。

見かけが人間にそっくりであろうが、無邪気に見えようが、己の価値観に沿って、こんなにも簡単に残酷なことを仕出かす。絶対に人間とは相容れない存在。

「今のオラは〝この家〟の守り神じゃない。お兄ちゃん、わかった？」

こてりと首を傾げた座敷童に、なんと返事をすればいいかわからない。

「なら、お前はなんなんだ……？」

脳裏に浮かんだ疑問を口にする。

「東雲は、あやかしは〝特性にいつだって縛られている〟と言った。座敷童は〝家〟に住んでいる人間に福を運ぶ〝特性〟を持つ。ならば、家を失ったお前はなんなんだ？　座敷童とは言えないだろう！」

「……ううん？」

座敷童は何度か目を瞬いた。ずいと俺に顔を寄せると、間近で瞳をのぞきこんでくる。闇を煮詰めたような漆黒の瞳孔。不自然なほどに白く透き通る肌。小さな体から香ってくるのは――強烈な抹香の臭い。

「お兄ちゃん、馬鹿なこと言うでねえ。座敷童はどうあがいても座敷童にしかなれねえよ。薄皮一枚剥いだ下に、残酷な顔を持っていたとしても――ね？」

にこりと眼前で笑われて、あまりの恐怖に悲鳴を飲み込んだ……その時だ。

「こぉら！」

座敷童の首根っこを夏織が鷲掴みにした。

ぺいっと俺から引き剥がすと、腰に手を当てて苦笑を浮かべる。

「まったくもう。そのネタで誰かを脅かすの、何度目？」

「……はあ？　ど、どういうことだ」

いまだ心臓は鳴り止まず。肩で息をしながら訊ねれば、座敷童は心底楽しそうに、くふふと笑った。

「だって、反応が面白くて！」

パタパタと足を踏みならす。

「なっ……。はあああ……？」

「アハハッ！　アハハハハ……！　ひいっ！　お腹痛い……！」

――まさか、まさか、まさかっ……！　コイツ、俺をからかったな……!?

かあ、と顔に血が上った。笑い転げている座敷童を、夏織は呆れ気味で見つめている。

「冗談ならもっと早くに言ってくれ……」

たまらず息を漏らした。

よかった、座敷童に皆殺しにされた一族なんて存在しなかったんだ――。

「……ッ!?」

ぞくり。怖気が走って顔を上げる。笑顔を湛えたままの座敷童がこちらを見ている。黒曜石のように磨かれた瞳は――けっして笑っていない。

「さってと！」

座敷童は畳の上に置いておいた本を手に持つと、パンパンと着物を払った。どこかワクワクした様子で俺たちに向き合い、満面の笑みを浮かべる。

「じゃあ、そろそろオラはお家に帰るね。ご本を読まなくちゃ！」

「うん。わかったよ。本を借りたくなったら連絡してね。枕返しなんかしないで、直接連絡を入れること！」

「ええ〜。それは無理。オラってば、座敷童だからね。悪戯は生きがいなんだから！」

クスクス笑って俺たちに背を向けた。

「おい、家に帰るって一体――……」

声をかける。瞬間、俺は言葉を失った。

座敷童の体が、小さな仏壇の中にしゅるんと消えてしまったのだ。

――パタン。

観音開きの扉が閉じる。ゴトリ、少しだけ仏壇が揺れた。

「…………な」

畳の上に座り込み、間抜け面を晒したまま呆然としていると、夏織が言った。

「あの子はね、今でもちゃんと座敷童なんだよ。自分の守るべき家を持ってる」

「まさか……」

「そう。仏壇があの子の家なの。珠子さんの魂と楽しく暮らしているんだって」

「仏壇が？　ああ……そうか、確かに〝魂の家〟とも言えるな……」

――珠子だけが大好きだった座敷童。

――家族にろくに弔われなかった珠子。

ふたりは、新しい家を手に入れていたのだ。

「それがお前の見つけた、新しい〝幸せ〟の形なのか？」

小声で問いかける。けれど、俺の声は虚しく響くばかりで誰も答えてくれなかった。

「わ、意外と時間がかかったねえ。お昼、とっくに過ぎてるじゃない！」

座敷童の屋敷を出ると、夏織は驚きの声を上げた。

「どおりでお腹が空いたと思った～……。ねえ、水明。ごはん食べて帰ろうよ。座敷童からお代ももらったし！　そんなに贅沢はできないけど」

「別に構わない」

「やったあ！　にゃあさんもそれでいい？」

「……いいわよ。ふわ。まだ寝足りないわ……」

大あくびをしている黒猫をよそに、あやかしで賑わっている往来を進む。

相変わらず、俺たちが外に出ると蝶が集まってくる。黄みがかった明かりにまとわりつかれる俺たちは、昏《くら》い世界の中でかなり目立つ。この世界で俺と夏織は異物だった。けれど、夏織は慣れているのかお構いなしだ。

「つるべ落としがやってるお蕎麦屋さんもいいよねえ。山姥《やまんば》のところで定食もありかも」

楽しげな夏織の声を聞きながらぼんやり歩いていると、ひょいと顔をのぞきこまれた。

「疲れた？」

夏織の栗色の瞳が悪戯っぽく煌めいている。

視線を逸らすと、「まあな」と答えた。

「寝不足だわ、化け物に襲われるわ、座敷童に脅かされるわ……今日はさんざんだ」

「あはは。確かに。でも、楽しくなかった？」

「そう思うなら、俺はお前の正気を疑うぞ」

「ええ……判断が厳しくない？　水明審判、異議を申し立てます！」

「却下だ」

クスクス笑う夏織に、小さくため息をこぼす。

ふと見上げると、幽世は今日もたくさんの星々に彩られている。

現し世とはまるで違う、時間経過と共に複雑に色を変える不思議な空。

その下で暮らしているのは、人間とはまるで違う生き物たち。

俺は苦い笑みをこぼすと、ぽつりと言った。

「……この世界はなにもかもが常識の範囲外で、叫び出したくなるくらいに異世界だな」

夏織は、一瞬だけ虚を突かれたように目を見開く。

けれど、すぐにふにゃっと愛嬌のある笑みを浮かべた。

「そんなに？」

「……考えるまでもない。幽世に来てから、俺のあやかし観は滅茶苦茶だ」

たったひとりのために、恩恵を与えていた家を滅ぼした座敷童。

残酷で、無慈悲で、けれども愛情にあふれて無邪気。それをどう評価しろというのか。

夏織は俺の背中をポンポンと軽く叩くと、どこかお姉さんぶって言った。

「存分に悩めばいいよ！　あやかしにだっていろいろいる。十把一絡《じっぱひとから》げに〝これこれこうだ〟なんて説明できないよ。人間と同じ。まあ、君にはまだわからないかな……」

——あやかしが、人間と同じ。

確かにそうかもしれない。人間にだって、いい奴もいれば救いようのない奴もいる。

そう思いつつも、なんとなくムッとして言い返す。

「………。大人ぶるな、馬鹿。俺よりみっつ年上なだけの癖に」

ジロリと睨みつけた俺に、夏織は無邪気に笑った。

「年齢の差ばっかりは変えられないからね。水明は、一生私に年下扱いされるのだ！」

「年相応の振る舞いを身につけてから言え。まったく」

「うっ、それは善処します！」

「素直か」

小さく肩をすくめると、夏織はちょっぴり不満げに唇を尖らせた。

「年頃の乙女心は複雑なのよ。大人になりたいような、なりたくないような〜」

「俺に迷惑がかからないように、さっさと大人になってくれ。頼むから」

「えええっ!?　なにそれひどい。まるで私が迷惑ばっかりかけてるみたい！」

「事実だろう……」

夏織とふたりで賑やかに応酬する。周りはあやかしだらけ、得体の知れない異世界にいるというのに、呆れるくらいに平和だ。

「ちょっと！　お腹空いたんだけど!?」

機嫌の悪そうな黒猫が俺たちを呼んでいる。俺と夏織は顔を見合わせると——小走りであやかしたちで賑わっている大通りを駆けていったのだった。

（作者注＊コミカライズ一巻発売記念に出した小冊子に掲載した作品です。原作を知らない人にもわかるようにと、ずいぶん丁寧に描写してますね。座敷童は好きなあやかしなのですが本編で出せず……。こちらで書けたのはとっても嬉しかったです）

クロと赤斑の攻防

初夏の鞍馬山《くらまやま》にて、クロは水明と共に修行漬けの日々を送っていた。

なぜクロが修行をしようと決意したのか。すべては、己のふがいなさからだった。

クロは犬神だ。数多くのあやかしを狩ってきた。ダックスフンドと見紛うほど小さな体躯だが、繰り出される攻撃は強烈。白井家の犬神クロと言えば同業者には知らぬ者がいないほどで、自分こそが白井家の繁栄を支えてきた立役者であると矜持《きょうじ》があった。

しかし――しかしだ。

水明と幽世で暮らすようになってからというもの、そのプライドはズタズタだった。

彼の目の前に立ちはだかったあやかしたちが、規格外に強敵であったという理由もあるのだが、それにしてもさんざんな結果だった。けっして活躍できたとは言えない。

敵を前に「キャイン！」と情けない声を上げ、意識を失うこともしばしば。

火車のあやかしである黒猫のにゃあには〝駄犬〟呼ばわりされる始末……。

にゃあに対して淡い感情を抱いていたクロにとっては、それは絶対に許されなかった。

なによりやられてばかりでは男が廃《すた》る。

「絶対に強い雄になるんだ。そんでもって黒猫を見返してやる……！」

真っ赤な瞳に情熱の炎を滾らせ、クロは水明と共に毎日のように野山を駆けまわった。努力の甲斐もあり、以前よりは体のキレがよくなった気がする。清玄目当てで集まってくるあやかしたちを斬り捨てていくうちに自信も戻ってきた。次こそはきっと上手くやれるだろうと確信が持てるくらいには、修行は順調だったのだ。

だのに――クロにはひとつ、絶対的に気に入らないことがあった。

「師匠、お疲れ様です！　血で汚れたでしょう。タオルでお拭きいたしますね」

「………………」

「今日もまさに鬼神のような働きでしたね。惚れ惚れとしてしまいましたよ。僕も白井家の犬神として非常に誇らしい気持ちになりました」

甲斐甲斐しくクロの世話を焼いているのは、見目がいい青年だった。

黒髪に赤いメッシュ。瞳の色はクロと同じ深紅を持っていて、パーカーに和装という今の若者らしいファッションで身を固めている。どこぞのアイドル事務所所属だと言っても不自然ではないくらいの美貌を輝かせている男も、クロと同じ犬神だ。

名を赤斑。白井清玄が使役する人間に変化できる犬神である。

「師匠！　お腹は空いていませんか？　焼き肉なぞ用意いたしましょうか」

血で汚れた体を拭きながら健気に声をかけてくる彼の言葉を、クロは無視し続けた。

なぜか自分を師匠と呼び始めてしまった赤斑が気にくわないからである。

厳密に言うと犬神にはランクがある。

はっきりした意思を持たず、犬のように本能のまま動くことしかできない者。

人間の言葉を解し、主人と意思疎通しながら戦える者。

そして——強大な力を持ち、人間と寸分変わりない姿へ変化できる者。

説明するまでもなく、赤斑は犬神の中でも最高ランクの力を持っていた。

だというのに、明らかに力が劣るクロを慕ってくる。師匠と自分を呼び、まるで本当の弟子のように尽くすその姿は、クロからすれば非常に不愉快だった。

「……お腹なんて空いてない」

「ですが、お疲れのようです。でしたら寝床を用意して参りましょうか」

「だ、大丈夫だって言ってるでしょ！」

「そ……そうですか……」

すげない態度で赤斑の申し出を拒否する。途端、クロはぺたんと耳を伏せた。断られた赤斑が非常に悲しそうな顔をしていたからである。気まずい。気まず過ぎる。

「うっ……！　や、やっぱりお腹空いてるかも……？」

しどろもどろに態度を翻す。赤斑の顔がぱあっと明るくなったのがわかった。

「そうですか！　ではお体が拭き終わった後にお持ちしますね。今日はいい鹿肉が手に入ったのです。ぜひ師匠にも召し上がっていただきたく……」

ニコニコ笑いながら手を動かし始める赤斑を横目に、クロはこっそりため息をついた。

――どうしてこうなっちゃったんだろ……。

こうなったのは、以前ふたりで会話した時以来だ。琴線に触れる言葉を口にしてしまったらしく、師匠と慕ってくる赤斑をクロはどう扱えばいいかわからないでいた。

――下手に邪険にできないのがもどかしいんだよね……。

赤斑の主人である清玄と、クロの元主人で現相棒である水明は親子だ。

このふたりの距離が非常に微妙だった。いろいろと複雑な事情があり、今後どういう関係になるかわからない。場合によっては対立する可能性もあるだろう。敵に回った時を考えて、馴れ合うのは避けた方がいいように思える。

しかし……。

「さあ綺麗にしましょうね。師匠の毛並みは本当に美しいですねえ」

「……やめて。おべっか使ったってなにもでないよ」

「お世辞なんかじゃありません！　これは僕の本心ですから」

無邪気に慕ってくる相手を無下に扱うのも気が引けた。

クロはお人好し……いや、お犬好し（？）なのだ。水明の前の主、みどりにも「本当に優しい子。でも時に優しすぎるわよね」と笑われた覚えがある。

だからこういう時、クロは心の中で何度も何度もこう唱えるのだ。

――絆《ほだ》されてたまるか、絆されてたまるか、絆されてたまるかっ……！

今日も今日とて呪詛のように繰り返す。絶対に心を開いてたまるかという固い決意。ぎゆっと目を瞑り、身を硬くして時が過ぎるのを待っていれば、ふとなにかに気がついたように赤斑が声を上げた。

「おや、やはりお疲れのようですよ。筋肉が強ばっている」

するりと赤斑の手がクロの体へ伸びた。優しい手付きでやわやわと体を摩《さす》られる。

「……！」

その瞬間、クロは電撃に打たれたような気分になった。

——な、なにこれ……!?

それほどまでに赤斑から与えられる刺激が心地よかったからだ。

絶妙な力加減。ほしいと思うところに伸びてくる指先。不快な部分は巧みに避ける気遣い……！　なんということだろう。体がっ！　体が翻弄されている……！

「きゅうん……」

思わず鼻を鳴らしてくたっと体から力を抜く。与えられる刺激に意識が朦朧《もうろう》として、けれども負けてたまるものかと必死にあがく。

——か、快楽に身を任せちゃ駄目だッ！　オイラは水明の相棒。白井家を背負って立つ犬神なんだから……！

そんなクロの耳に、無慈悲な声が響いた。

「おや、気持ちいいですか？　それはなによりです。僕も元は犬ですからね。同族の〝いいところ〟は誰よりも熟知していますから」

ニコニコ笑いながら、クロの体を蹂躙《じゅうりん》していく赤斑。

クロは息も絶え絶えになりながら、必死に己と戦っていた。

――こんなに気持ちいいマッサージをしてくれるなら、仲良くしてやってもいいかも……いやいやいやいやいやっ！　そんな馬鹿なことあるかっ！

泣きそうになりながら必死に自分を奮い立たせる。

――ほ、絆されてたまるかあああああああ……！

しかし体は正直であった。

「あふう……っ！」

逃げるそぶりは欠片もみせず、横になったままのクロに赤斑ははしゃいだ声を上げる。

「ああっ！　そんなに尻尾を振ってくれるなんて！　僕、感激です！」

嬉々としてマッサージを続ける赤斑。

必死に耐えるクロの攻防は――しばらく続きそうだ。


(作者注＊このふたりの組み合わせが好きすぎて。五巻発売時に書いた短編です。赤斑は自分の方がクロより強い事実はもちろん自覚しています。それを踏まえた上でクロを師匠と慕っているんですね。こじらせっぷりがひどい。そういうキャラが大好きです)

あとがき

こんにちは、忍丸です。このたびは『わが家は幽世の貸本屋さん－胡蝶の夢－』をお読みいただきまして、誠にありがとうございます！

いかがでしたでしょうか。初の短編集ということで、かなり四苦八苦してしまったのですが、物語終了後の夏織たちの姿が描けたかな……と思っています。

実は、物語の最中に描ききれなかった話やＩＦな展開なども入れようかと思っていました。ですが、書こうと思っていたほとんどすべてのお話が描けていて……。結果的に完結の先の物語を描く形となりました。期待していたのと多少違ったりもしたかもですが、楽しんでいただけたなら幸いです。

個人的にお気に入りなのは、夏織の子どもたちの冒険でしょうか。夏織とはまた違うスタンスで臨む貸本屋業……きっといろいろと問題も起こるのでしょうが、幽世で生まれ育った彼らが現し世に関わることで起きる化学反応が面白いと思っています。なにかの機会があれば、長男の夜月くんを中心にした物語を描けたら嬉しいですね（言うだけはタダなので書いてみました。笑）。

今作は本当に多くの方に支えられた作品でした。担当の佐藤さんをはじめとして、イラストレーターの六七質先生、営業さん、デザイナーさんに校正さん、書店員の皆様。本当に多くの方の手を経て読者の皆様のもとに届いたんだな……と感慨深いです。

ＷＥＢに最初の一文字を書き込んだ時は、こんなに物語が広がるとは思っていなかったです。妖しくて綺麗な世界で生きる少女と、祓い屋なのに妖怪が生きる世界に迷い込んだ少年。ボーイミーツガールからはじまる物語を、きちんと最後まで書き上げられた事実は本当に幸せでした。また多くのみなさんに届く物語を描けたらなあと思っています。

短編集までお付き合いいただいて、本当にありがとうございました……！

そして、貸本屋のシリーズは終了となりますが。

忍丸はこれからもたくさんの物語をお届けしていく所存です。

ことのは文庫さんより新シリーズ

『碧国後宮の禁書事情（仮題）』を刊行予定です。

中華風の世界を舞台に、「あやかし」が巻き起こす事件を「物語」で解決していくお話を鋭意制作中です。次は中華あやかしです！　漢文と四苦八苦しながら向かい合っています。ぜひぜひお楽しみに。

優しい風が吹き始めた春に　忍丸

ことのは文庫

わが家《や》は幽世《かくりよ》の貸本屋《かしほんや》さん

—胡蝶《こちょう》の夢《ゆめ》—

2022年4月25日　初版発行

著者　忍丸《しのぶまる》

発行人　子安喜美子

編集　佐藤　理

印刷所　株式会社広済堂ネクスト

発行　株式会社マイクロマガジン社

URL：https://micromagazine.co.jp/

〒104-0041

東京都中央区新富1-3-7 ヨドコウビル

TEL.03-3206-1641 FAX.03-3551-1208（販売部）

TEL.03-3551-9563 FAX.03-3297-0180（編集部）

本書は、小説投稿サイト「エブリスタ」（https://estar.jp/）に掲載されていた作品を、加筆・修正の上、書籍化したものです。

定価はカバーに印刷されています。

ISBN978-4-86716-276-7　C0193

乱丁、落丁本はお取り替えいたします。